BLANC SUR NOIR

Titre original :
Beloïé na tchiornom
Editeur original :
Limbus, Saint-Pétersbourg

ISBN 2-7427-5253-6

Ruben Gonzalez Gallego enfant

RUBEN GONZALEZ GALLEGO

BLANC SUR NOIR

récit traduit du russe
par Aurora Gallego
et Joëlle Roche-Parfenov

BABEL

REMERCIEMENTS

Merci à Eve, mère de toute l'humanité, pour avoir croqué la pomme.
Merci à Adam d'avoir participé.
Merci tout spécialement à Eve.

Merci à ma grand-mère Espérance pour avoir mis au monde ma mère.
Merci à Ignacio d'avoir participé.
Merci tout spécialement à ma grand-mère.

Merci à ma mère pour m'avoir mis au monde.
Merci à David d'avoir participé.
Merci tout spécialement à ma mère.

Merci à ma mère pour avoir mis ma sœur au monde.
Merci à Serge d'avoir participé.
Merci tout spécialement à ma mère.

Merci à ma prof de littérature qui, un jour, m'apporta du bouillon de poule quand j'étais malade, qui nous apportait de la confiture en classe, nous la mangions et nous étions parfaitement heureux. Elle me donnait la meilleure note lorsque j'écrivais mes rédactions, un zéro quand je ne les faisais pas.
Merci à Serge pour la relecture de mes premiers textes et leur publication.
Merci tout spécialement à ma prof pour la confiture.

Merci à mes deux épouses d'avoir existé.
Merci à mes deux filles de l'avoir été et de le rester.
Merci tout spécialement à mes deux filles d'exister.

Merci à toutes les femmes, petites-filles et grands-mères, jeunes et vieilles, belles et moins belles.
Merci à tous les hommes.
Merci tout spécialement à tous les hommes d'avoir participé.

Et merci encore une fois à ma mère.

Préface

DE LA FORCE ET DE LA BONTÉ

Parfois, les gens me demandent si ce que j'écris a vraiment eu lieu. Si les héros de mes récits sont réels.

Je réponds que oui, que cela a vraiment eu lieu, que les personnages sont réels, plus que réels. Bien sûr, mes héros sont des personnages composés à partir du kaléidoscope infini de mes innombrables foyers*. Mais ce que j'écris est vrai.

La seule chose qui dans mon œuvre s'écarte de mon véritable vécu et va parfois jusqu'à le contredire procède de mon regard d'auteur peut-être un peu trop porté à la sentimentalité et même au pathos. J'évite sciemment d'écrire sur ce qui est moche.

Je suis persuadé qu'il y a déjà trop de noirceur dans la vie et la littérature. Le sort a voulu que j'aie trop vu la cruauté et la haine dont est capable l'être humain. Décrire l'abjection de la déchéance humaine et de sa bassesse bestiale ne ferait qu'ajouter un maillon de plus

* Le vocabulaire forgé dans les années 1920 en URSS devait permettre de refléter la nouvelle réalité soviétique. Ainsi, un orphelinat s'appelait "la maison des enfants" *(detdom)*. Cet acronyme, *detdom*, employé tout au long de ce récit, est traduit ici par le terme "foyer" parce que la réalité décrite correspond à celle d'un foyer médicopédagogique pour enfants handicapés mais fonctionnant dans les conditions soviétiques. *(Toutes les notes sont de la traductrice.)*

à l'interminable chaîne des pulsions mauvaises. Je ne le veux pas. Je parle du bien, de la victoire, de la joie et de l'amour.

Je parle de la force. La force spirituelle et physique. La force qui est en chacun de nous. La force qui, victorieuse, renverse tous les obstacles. Chacun de mes récits raconte une victoire. Même le petit garçon du récit un peu triste intitulé "La Boulette", finit par vaincre. Par deux fois. La première, lorsqu'il extrait d'un amas désordonné de connaissances inutiles deux mots qui lui tiennent lieu du couteau qu'il n'a pas, les deux seuls mots qui atteignent son adversaire. La seconde, lorsqu'il décide de manger les boulettes de viande, c'est-à-dire lorsqu'il décide de vivre.

Gagnent également ceux pour qui la seule issue victorieuse est de quitter la vie volontairement. L'officier qui meurt face à l'ennemi supérieur en nombre, qui meurt conformément au code d'honneur, est victorieux. Je m'incline devant ces gens-là. Mais c'est égal, l'essentiel chez cet homme, ce sont les peluches. Je suis persuadé que coudre des nounours et des petits lapins toute sa vie est cent fois plus difficile que de se trancher la gorge un bon coup. Je suis persuadé que la joie d'un enfant qui reçoit en cadeau un nouveau jouet pèse mille fois plus sur la balance des valeurs humaines qu'une quelconque victoire militaire.

Ceci est un livre sur mon enfance. Une enfance cruelle, terrible, mais une enfance quand même. Pour conserver en soi l'amour pour le monde extérieur, pour grandir et devenir adulte, un enfant a besoin de vraiment peu de choses : un morceau de lard, une tranche de pain avec du saucisson, une poignée de dattes, du ciel bleu, quelques livres et la chaleur d'une parole humaine. Cela est suffisant, plus que suffisant.

Les héros de ce livre possèdent une grande force, une très grande force. L'homme a très souvent besoin d'être fort. Et bon. Tout un chacun ne peut se permettre d'être bon, tout un chacun n'est pas en mesure de franchir l'obstacle de l'incompréhension générale. Trop souvent les gens prennent la bonté pour de la faiblesse. C'est triste. Difficile d'être un être humain, très difficile mais tout à fait possible. Pour le devenir, il n'est pas du tout indispensable de faire le beau. Pas du tout obligatoire. J'en suis persuadé.

BLANC SUR NOIR

Rien de plus que des lettres,
Des lettres au plafond, sur fond noir, lentement,
Blanches, elles rampent.
Elles commencèrent à apparaître la nuit après chaque nouveau malaise cardiaque.
Je pouvais les déplacer sur le plafond,
Former des mots avec et des phrases. Le matin il ne me restait plus
Qu'à les inscrire dans la mémoire de mon ordinateur.

LE HÉROS

Je suis un héros. Il est facile d'être un héros. Quand tu n'as ni bras ni jambes – tu es un héros ou tu es mort. Quand tu n'as pas de parents – compte sur tes bras et tes jambes. Et tâche d'être un héros. Si tu n'as ni bras ni jambes et qu'en plus tu t'es arrangé pour venir au monde orphelin – c'est gagné. Tu es condamné à être un héros jusqu'à la fin de tes jours. Ou à crever. Je suis un héros. Je n'ai tout simplement pas le choix.

Je suis un petit garçon. C'est la nuit. C'est l'hiver. J'ai besoin d'aller aux toilettes. Appeler la *niania** ne servirait à rien.

Je n'ai pas le choix, je dois ramper jusqu'aux toilettes.

D'abord, il faut sortir du lit. Il y a un moyen, je l'ai inventé tout seul. Je glisse simplement jusqu'au bord, je me mets sur le dos et me fais tomber par terre. Choc. Douleur.

* Littéralement "nounou", la nourrice. Personnage central de la vie familiale russe, la *niania* restait à la maison bien après le sevrage. Par extension, ici, "les filles de salle", les "taties", voir plus loin p. 21-22.

Je rampe jusqu'à la porte qui mène au couloir, je la pousse avec la tête et je sors de la salle relativement chaude dans le froid et l'obscurité.

La nuit, toutes les fenêtres du couloir sont ouvertes. Il fait froid, très froid. Moi, je suis nu.

Il faut ramper sur une longue distance. Quand je passe devant la salle où dorment les *niania*, j'essaie d'appeler à l'aide, je cogne de la tête contre leur porte. Personne ne réagit. Je crie. Personne. Peut-être que je crie trop bas.

Le temps d'arriver aux toilettes, je suis définitivement gelé.

Là, les fenêtres sont ouvertes, sur les rebords il y a de la neige.

J'atteins le pot de chambre. Repos. Je dois absolument souffler avant de faire le chemin du retour. Pendant que je me repose, l'urine dans le pot commence à se couvrir d'une croûte de glace.

Je reviens en rampant. Avec les dents je tire la couverture du lit par terre, je m'en recouvre tant bien que mal et j'essaie de m'endormir.

Et le lendemain, on m'habillera et on me portera en classe. Au cours d'histoire je réciterai bravement le texte sur les horreurs des camps de concentration nazis. J'aurai la meilleure note. J'ai toujours des bonnes notes en histoire. J'ai des bonnes notes dans toutes les matières. Je suis un héros.

LA BAÏONNETTE

Une baïonnette est une arme formidable, on peut compter dessus. Un coup suffit et l'ennemi est terrassé. Une baïonnette, ça traverse le corps de l'ennemi de part en part. Jamais elle ne vous trahit, elle frappe toujours à coup sûr. La balle est aveugle, la balle est bête. La balle peut effleurer un corps ou rester dedans et vous pourrir une vie humaine de l'intérieur. Une baïonnette ce n'est pas une balle, une baïonnette c'est une arme blanche, un des derniers résidus du XIXe siècle.

Sur la couverture du premier livre de Nikolaï Ostrovski* il y a une baïonnette en relief. Aveugle, paralysé, l'écrivain ne pouvait pas relire son livre lui-même. Il ne lui restait plus qu'à caresser, encore et encore, les contours de la lame. De la lame la plus sûre du monde – celle de la baïonnette en papier.

Les anciens Vikings étaient les meilleurs guerriers du monde. Des guerriers sans peur, des âmes fortes. Un Viking tombé au combat n'en était pas encore pour autant hors de combat. Un Viking tombé au combat, tant qu'il lui restait un souffle

* *Et l'acier fut trempé*, éd. EFR, 1957.

de vie, s'accrochait de toutes ses dents à la jambe de l'ennemi. Mourir lentement en maudissant sa foutue vie, en pourrissant sa vie et celle de ses proches par d'éternelles jérémiades à propos de sa malchance – c'est le lot des faibles. Le soldat au combat ne se soucie pas de l'éternelle question qui tourmente Hamlet. Vivre en combattant et mourir au combat est une seule et même chose. Vivre ou mourir à demi, pour rien, c'est répugnant, c'est vil. Le mieux que puisse espérer un mortel, c'est mourir en combattant. Les plus chanceux, mais alors les vrais veinards sont ceux qui meurent en plein vol. La meilleure mort c'est quand vous mourez en serrant les rênes de votre cheval ou les commandes de votre avion de chasse, le sabre ou la mitraillette, le marteau de forgeron ou le roi sur l'échiquier. Si vous avez perdu une main au combat, ce n'est pas grave. Vous pouvez attraper au vol la lame de l'autre main. Si vous tombez – tout n'est pas encore perdu. Il vous reste une chance, une toute petite chance – celle de mourir comme un Viking en serrant votre mâchoire sur le talon de votre ennemi. Peu ont cette chance qui n'est pas donnée à tout le monde. Homère et Beethoven sont des exceptions qui ne font que confirmer la règle. Mais il faut se battre, il n'y a pas d'autre moyen, tous les autres moyens sont malhonnêtes et stupides.

J'ai pleuré sur le livre d'Ostrovski. Les livres, comme les hommes, sont divers. Si on y réfléchit, mais alors très sérieusement, les BD aussi sont des livres. Des beaux livres avec de belles images. Des jouets amusants. Belles-de-nuit de papier, les BD ont un énorme avantage sur les autres livres – les enfants ne pleurent pas dessus. Les petits enfants joyeux n'ont aucun besoin de pleurer sur les livres. La question "être ou ne pas être" ne se pose pas pour eux le moins du monde. Ce ne sont que des enfants, juste des enfants et il est trop tôt pour qu'ils réfléchissent. Moi, je lisais un livre, je lisais et je pleurais d'impuissance et de jalousie. Je voulais y aller, je voulais aller au combat, mais ça m'était interdit. Tout m'était interdit. J'y étais habitué mais quand même je pleurais. Il est des livres qui changent votre regard sur le monde, des livres après lesquels vous avez envie de mourir ou de vivre autrement.

Si on veut comprendre quelque chose, il faut interroger les gens ou les livres. Les livres aussi sont des personnes. Comme les gens, les livres peuvent aider et comme eux peuvent raconter des menteries.

Je ne lisais pas pour lire – je voulais comprendre comment le monde était fait. Je voulais apprendre comment je devais vivre en ce monde. Je demandais aux gens – ils ne me répondaient pas. Je cherchais la réponse dans les livres – les livres se dérobaient. Les livres me racontaient en détail, avec beaucoup de détails comment vivre quand on vous a tout donné. Les héros des livres souffraient et je m'étonnais. Moi, véritable être de chair et de sang, je ne les comprenais pas, ces créatures livresques, et je ne compatissais pas à leurs souffrances de papier. C'étaient des faux-semblants, comme les professeurs à l'école. Les professeurs conseillaient de lire des livres, je lisais. Je lisais tout ce qui me tombait sous la main, toutes ces descriptions interminables et ennuyeuses d'individus insensés, faibles et paresseux. Les professeurs les appelaient des héros – je ne comprenais pas en quoi consistait leur héroïsme.

D'Artagnan – un héros ? Mais en quel honneur, s'il avait des bras et des jambes ? Tout lui avait été donné – la jeunesse, la santé, la beauté, une épée et l'art de s'en servir. En quoi consistait son héroïsme ? Un héros, ce pleutre, ce traître, qui tout au long du livre fait des bêtises au nom de la gloire et de l'argent ? Je lisais le livre sans en comprendre la moitié. Tous, adultes comme enfants, considéraient que les "trois mousquetaires" étaient des héros. Je ne discutais pas, discuter n'avait pas de sens. En tout cas, ils ne pouvaient pas me servir de modèles.

J'ai relu plusieurs fois ce gros volume. J'ai lu aussi la suite de la glorieuse épopée de ces trois vaillants mousquetaires. La suite ne m'a pas déçu. Ce pauvre monstre – M. Coquenard – fit ce que doivent faire les vrais héros – il mourut. Il mourut, laissant sa femme et son argent à Porthos. Je n'avais aucune sympathie pour M. Coquenard. J'aurais été du côté de ce pitoyable vieillard s'il avait eu le courage et l'intelligence de verser du poison dans le verre de vin de Porthos. Mais il n'y a pas de miracles. Le malheureux infirme avait lentement été jusqu'au bout d'une vie abjecte, l'ombre de son fauteuil roulant soulignant les actions d'éclat des véritables héros. Le malheureux.

Les autres ne valaient pas mieux. De misérables homoncules qui inspiraient le mépris. Des insectes qui n'avaient d'humain que le nom. Des sacs de merde, indignes du paradis comme de l'enfer. Guerriers incapables tant de vivre que de mourir. Seuls certains d'entre eux avaient droit à quelque respect de ma part. Porthos par exemple. Porthos me plaisait beaucoup plus que Coquenard. Porthos, au moins, avait été capable de mourir comme un homme.

Gwinplen était un imbécile qui souffrait pour une vétille. Tu parles, il était défiguré ! Cyrano se conduisait de façon à peine plus intelligente. Avec deux bras musclés et une bonne épée affûtée, la question de la beauté se pose autrement. Une épée est un argument non négligeable. D'ailleurs Cyrano lui aussi m'avait déçu. Fort dans ses rapports avec les hommes, il ne savait que pleurnicher et se plaindre face à l'amour.

J'enviais Quasimodo. Les gens le regardaient comme ils me regardaient moi, avec dégoût et pitié. Mais lui, il avait bras et jambes. Il avait toute la cathédrale, tout Notre-Dame, à lui.

Les héros des livres n'étaient pas des héros, ou si peu. Les meilleurs d'entre eux se comportaient de temps en temps en hommes, à contrecœur aurait-on dit. Ce n'était que quelques minutes avant de mourir qu'ils se permettaient de vivre. Ils ne me plaisaient qu'à cet instant. Seule une mort digne les réconciliait avec une vie dénuée de sens.

Il m'arrivait rarement de pleurer en lisant. J'avais déjà bien assez de raisons de pleurer sans aller chercher l'aide d'un malheur imaginaire dans les livres. Alors que ce livre-là était un livre authentique. Ce livre-là ne mentait pas.

Pavka Kortchaguine* galopait à cheval et maniait le sabre aussi bien que les mousquetaires. Pavka Kortchaguine était un gars fort et courageux. Il se battait pour une idée, il n'avait que faire de titres ou d'argent. La *boudionovka***,

* Pavel, diminutif Pavka, Kortchaguine, le héros de *Et l'acier fut trempé* de Nikolaï Ostrovski.

** Bonnet porté dans la cavalerie de Boudienny, héros soviétique de la guerre civile.

ce pauvre bonnet en toile, pitoyable imitation du casque des preux chevaliers, ne pouvait pas le protéger de l'abjecte balle ennemie. Sa lame bien affûtée ne pouvait rien contre un mauser. Sachant cela, il n'en partait pas moins à l'attaque. Il y allait, encore et encore. Encore et encore, il se ruait là où la bataille faisait rage. Il se battait et en sortait vainqueur, toujours vainqueur. Grâce à son arme et à son discours. Lorsque son corps le trahit, quand sa main ne fut plus à même de tenir une lame, il changea d'arme, troqua la baïonnette pour la plume. Il en fut capable. Dernier chevalier de l'arme blanche. Dernier Viking du XXe siècle.

Que reste-t-il à l'homme quand il ne lui reste presque rien ? Par quoi justifier sa misérable semi-existence de demi-cadavre ? Pourquoi vivre ? Je ne le savais pas alors et je ne le sais pas plus encore aujourd'hui. Mais, comme Pavel Kortchaguine, je ne veux pas mourir avant ma mort. Je vivrai jusqu'au bout. Je me battrai. Lentement j'appuie sur les touches de mon ordinateur, je fais apparaître une lettre après l'autre. Je forge avec application ma baïonnette – mon livre. Je sais que je n'ai droit qu'à un seul coup, qu'on ne me donnera pas une seconde chance. Je m'applique, je m'applique beaucoup. Je sais que la baïonnette, c'est du sûr. Un formidable objet, la baïonnette, on peut compter dessus.

LES RÊVES

Quand j'étais tout petit, je rêvais d'une maman, j'en ai rêvé jusqu'à l'âge de six ans. Après, je compris ou, plus exactement, on m'expliqua que ma maman était une "salope de négresse" qui m'avait abandonné. Je suis désolé d'écrire de tels mots, mais c'est exactement en ces termes qu'on me l'expliqua.

Ceux qui me le disaient étaient grands et forts, ils avaient raison en tout, et par conséquent, ils avaient raison aussi pour ce qui n'était finalement qu'un détail sans importance. Il y avait, bien sûr, aussi d'autres adultes.

C'étaient les enseignants. Ils me parlaient de pays lointains, de grands écrivains, de la vie qui est magnifique, de la place que chacun peut trouver sur terre pour peu qu'il soit un bon élève et obéisse à ses aînés. Ils étaient toujours en train de mentir. En tout, ils mentaient. Ils parlaient des constellations et des continents mais ne permettaient pas de franchir les portes du foyer. Ils parlaient de l'égalité des hommes mais n'emmenaient au cirque et au cinéma que ceux qui pouvaient marcher.

Seules les *niania* ne mentaient pas. Quel mot étonnant – *niania* ! Un mot tendre. Il évoque aussitôt le "buvons un verre, *niania*" de Pouchkine. De simples femmes de la campagne. Elles ne mentaient jamais. Parfois, elles nous donnaient même des bonbons. Parfois méchantes, parfois gentilles, toujours directes et sincères. Leurs paroles nous faisaient souvent comprendre ce qu'il en était, là où nous n'avions pas obtenu de réponse claire de la part des enseignants. En donnant le bonbon, elles disaient : "Pauvre gosse, il vaudrait mieux que tu meures le plus vite possible, tu ne souffrirais plus et nous non plus." Ou bien, en emportant un mort : "Eh bien, Dieu soit loué, il a fini de souffrir, le pauvret." Quand j'avais un rhume, que je restais au dortoir en tête-à-tête avec l'une d'entre elles et que je n'avais pas à aller à l'école, la brave femme m'apportait quelque sucrerie ou encore de la compote et me parlait de ses enfants morts à la guerre, de son mari ivrogne, d'une quantité de choses intéressantes. J'écoutais et je croyais tout, comme les enfants croient à la vérité, comme eux seuls peut-être. Les adultes, la plupart du temps, ne peuvent plus croire à rien. Et voilà, c'est ainsi que les *niania* me disaient simplement et avec le plus grand naturel, comme on parle de la pluie et du beau temps, que ma mère était "une salope de négresse".

A six ans, je cessai de rêver d'une maman. Je rêvais de devenir "capable de me déplacer". Presque tous, ils en étaient capables. Même ceux qui ne se déplaçaient qu'à grand-peine sur des béquilles. Ceux-là qui pouvaient se déplacer étaient beaucoup mieux traités que nous. En êtres humains. A leur sortie du foyer, on pouvait espérer qu'ils deviennent des personnes utiles à la société – comptables, cordonniers, couturières. Beaucoup recevaient une bonne formation, ils “faisaient carrière”. Plus tard, ils arrivaient au foyer dans de belles voitures. Alors, on nous rassemblait dans la grande salle et on nous racontait quel poste occupait tel ou tel ancien élève de notre école. De tous ces récits, il ressortait que ces gros messieurs et dames avaient toujours obéi aux adultes, avaient été des bons élèves et avaient tout obtenu grâce à leur intelligence et leur persévérance. Mais ils étaient capables de se déplacer ! Alors pourquoi diable aurais-je dû écouter leur bavardage satisfait, je le savais bien sans eux, ce qu'il fallait faire une fois qu'on en était devenu capable. Seulement personne ne m'expliquait comment y arriver.

A huit ans, je compris quelque chose de très simple : j'étais seul et personne n'avait besoin de moi. Les adultes comme les enfants ne pensent qu'à eux. Bien sûr, je savais que quelque part, sur une autre planète, il y avait des mamans, des papas, des grands-pères et des grands-mères. Mais c'était tellement loin et peu convaincant que pour moi toutes ces élucubrations étaient du même acabit que les constellations et les continents.

A neuf, je compris que je ne pourrais jamais marcher. Ce fut très triste. Adieu pays lointains, étoiles et autres joies de la vie. Il ne restait que la mort. Lente et inutile.

A dix, je lus un texte sur les kamikazes. Ces garçons courageux apportaient la mort à l'ennemi. Par un seul vol sans retour, ils remboursaient à leur patrie toutes leurs dettes pour le riz qu'ils avaient mangé, les couches qu'ils avaient salies, les cahiers d'écolier, les sourires des filles, le soleil et les étoiles, le droit de voir chaque jour leur maman. Cela me convenait. Je comprenais bien que personne n'allait me mettre dans un avion. Je rêvais d'une torpille. D'une torpille dirigeable bourrée d'explosifs. Je rêvais de m'approcher tout doucement du porte-avions ennemi et d'appuyer sur le bouton rouge.

De nombreuses années ont passé depuis. J'ai pris de l'âge et je comprends tout. Peut-être que c'est bien, peut-être pas tant que ça. Les gens qui comprennent tout sont souvent ennuyeux et primaires. Je n'ai pas le droit de vouloir mourir, car au bout du compte le sort de ma famille dépend beaucoup de moi. Ma femme et mes enfants m'aiment, moi aussi je les aime, infiniment. Pourtant, parfois, allongé dans mon lit, la nuit, sans arriver à m'endormir, je rêve quand même de la torpille et du bouton rouge. Ce naïf rêve d'enfant ne m'a pas abandonné et ne m'abandonnera sans doute jamais.

LA FÊTE

Premier souvenir. Je suis seul, je suis petit, je suis couché dans la “cage”. Je crie. Personne ne vient. Je crie longtemps. La cage est un lit d’enfant ordinaire, avec de hauts barreaux. Je suis couché sur le dos, j’ai mal et je suis mouillé. Les montants du lit sont tapissés d’un tissu blanc opaque. Personne. Devant mes yeux – le plafond blanc, si je tourne la tête je peux regarder longtemps le blanc du tissu. Je n’arrête pas de hurler. Les adultes viennent à heure fixe. Quand ils viennent, ils crient après moi, me donnent à manger, changent mes couches. J’aime les adultes, eux – non, ils ne m’aiment pas. Qu’ils crient, qu’ils m’allongent sur une banquette malcommode. Cela m’est égal. J’ai envie que quelqu’un vienne. Alors, je peux voir les autres lits-cages, la table, les chaises et la fenêtre. C’est tout. Ensuite on me remet dans la cage. Quand ils me recouchent, je hurle de nouveau. Ils crient après moi. Ils ne veulent pas me prendre dans les bras, je ne veux pas retourner dans la cage. Aussi loin que je me souvienne, j’ai toujours eu peur quand on me laissait seul. Et on me laissait régulièrement seul.

La première et la plus agréable des odeurs est le mélange de relents d’alcool et de parfum. Parfois des femmes en blouse blanche venaient et me prenaient dans leurs bras. Elles me prenaient avec précaution, pas comme d'habitude. Elles appelaient cela "la fête". Elles sentaient bon l'alcool. On m'emportait ailleurs, dans une grande salle avec une table et des chaises. J'étais assis sur les genoux de l'une d'elles. Les femmes me passaient de main en main. Elles me donnaient des bonnes choses à manger. Mais le plus agréable était que je pouvais tout voir. Tout ce qui était autour. Les visages, les belles assiettes sur les tables, les bouteilles et les petits verres. Elles buvaient toutes du vin, mangeaient et bavardaient. La femme sur les genoux de laquelle j'étais installé me retenait avec précaution d'une main, et de l'autre renversait d'un geste précis une nouvelle rasade dans sa bouche, qu'elle accompagnait d'un peu de nourriture. Les mets étaient divers, elle prenait un petit morceau de chaque chose et me le mettait dans la bouche. Personne ne criait après personne. Il faisait bon, j'étais bien.

Au foyer on a organisé une soirée picole. Une soirée ordinaire, tout ce qu'il y a de correct. Les gars boivent de la vodka et mangent un morceau par-dessus. Ce sont des gars de terminale. Ils sont revenus très vite des cours, se sont installés dans un coin de la pièce, ont posté l'un d'eux à faire le pet. Ils ont ouvert des boîtes de conserve, ont bu la vodka en se passant un gobelet, ont mangé leur morceau en vitesse.

Soudain, ils m'ont remarqué. J'étais couché sous le lit de l'autre côté de la pièce. Le corps sous le lit, la tête et les épaules dépassant à l'extérieur, devant moi – un livre. Lire en laissant les jambes sous le lit est très commode. On n'est dérangé par personne.

— Ruben, rampe par ici.

Je repousse le livre, je rampe. Je rampe lentement, mais ils ne s'impatientent pas. Ils attendent. J'arrive jusqu'à eux.

— Tu veux de la vodka ?

C'est juste pour causer. Ils savent bien tous que je n'ai pas encore l'âge de boire. De la vodka, on n'en buvait qu'à partir de douze ans.

Ils rient tous. Ils rient, sans méchanceté, ils sont tous de bonne humeur.

— Arrête, Sérioga, laisse le môme tranquille. Donne-lui plutôt à bouffer.

Sérioga, un cul-de-jatte, me prépare une tranche de pain avec du saucisson. Il pèle pour moi une gousse d'ail.

Les gars finissent la bouteille, cachent la bouteille vide. Ils mangent pour faire passer l'alcool. Je mange avec eux. Je me sens bien. Tout le monde se sent bien. C'est la fête. Si ça n'avait pas été fête, personne ne m'aurait remarqué ni surtout n'aurait partagé avec moi sa nourriture. Je ne suis personne, un petit cave.

Après la vodka ils boivent du *tchifir**. Ils le font infuser dans un grand bocal et boivent lentement, chacun son tour. Moi, je n'ai pas le droit de boire de *tchifir*, non seulement parce que je suis encore petit, mais parce qu'ils savent tous que j'ai le cœur malade.

* Décoction de thé très fort, très répandue dans les prisons et dans les camps, dont les effets excitants sont proches de ceux des amphétamines.

Sérioga prend le gobelet qui a servi pour boire la vodka, saute rapidement sur son chariot, sort de la pièce. Il revient avec le gobelet presque plein d'eau. D'une main, il tient le gobelet, de l'autre, il repousse précautionneusement le sol pour avancer. Il pose le gobelet par terre, sort de sa table de nuit un bocal de confiture et une cuiller. Il verse un peu de *tchifir* du bocal dans le gobelet, ajoute de la confiture. Il en met sans la plaindre.

— Tiens, Ruben, dit-il. Maintenant, tu as du thé avec de la confiture.

Les gars boivent du *tchifir* et moi, du thé sucré. Je me sens bien. C'est la fête.

LA NOURRITURE

Je n'aimais pas manger. Si cela avait été possible, j'aurais préféré les pilules des récits de science-fiction – tu en avales une et tu n'as plus faim de toute la journée. J'avais du mal à manger, il fallait insister, me donner à manger à la cuiller – tout était inutile.

J'ai eu de la chance, tout petit j'ai vécu dans un foyer de petite taille en zone rurale. La nourriture était bonne et abondante, les *niania* étaient gentilles, veillaient à ce que tous les enfants mangent bien, se souciaient de nous.

Puis vinrent d'autres foyers, d'autres *niania*, d'autres nourritures. La bouillie d'orge, les vers dans les *prianiki**, les œufs plus très frais. Tout l'éventail. Mais ce n'est pas cela dont je veux parler.

Je me surprends à penser que mes meilleurs souvenirs sont liés à la nourriture. Les meilleurs moments de mon enfance ont à voir avec la nourriture ou, plus exactement, avec les personnes qui l'ont partagée avec moi, me l'ont offerte en signe de sympathie. C'est étrange.

* Petits pains d'épice, enrobés d'une pellicule de sucre, ressemblant à des nonnettes.

Je ne me souviens pas de l'endroit. Je me souviens de gens en blouse blanche. Nous, les enfants, nous sommes nombreux et nous sommes tous très petits.

On a apporté un ananas dans la pièce. A cette époque, il me parut très grand et très beau. On ne l'a pas découpé tout de suite, on nous a laissé le temps de l'admirer. Comme si les adultes eux-mêmes n'arrivaient pas à se décider à détruire une telle beauté. En Russie, les ananas sont une rareté.

L'ananas a déçu tout le monde. Enfin, presque tout le monde. Les enfants, les uns après les autres, goûtaient ce fruit au goût âpre et bien particulier et refusaient de manger ces petites tranches trop acidulées. Il n'y eut que moi pour les manger. Je me souviens de la conversation des adultes.

— Allez, on lui en donne encore.

— T'es folle, et si ça le rend malade tout d'un coup ?

— T'as vu sa fiche ? Je parie que son père n'a mangé que ça toute son enfance. Je parie que chez eux les ananas, c'est comme les patates chez nous.

On m'en a donné encore et encore. Sans doute les adultes trouvaient-ils amusant cet enfant étrange capable de manger ce fruit exotique. Oui, et puis ils trouvaient dommage de jeter tant de bonne nourriture. J'ai mangé beaucoup de tranches d'ananas. Ça ne m'a pas rendu malade.

Le premier foyer où j'ai été conduit : là-bas pas de gens en blouse blanche, pas de rangées de lits. Par contre, il y avait beaucoup d'enfants et un poste de télé.

— Ah bon, il ne peut pas du tout rester assis ? On n'a qu'à le mettre sur le divan et le caler avec des oreillers.

Elles m'installèrent sur le divan, m'entourèrent d'oreillers et me donnèrent de la semoule à la cuiller. Pris au dépourvu, j'en mangeai toute une assiette et m'endormis. La semoule était très bonne. Le foyer me plut.

Un hôpital. C'est la nuit. Tout le monde dort. Une infirmière entre en courant dans la salle, elle allume la veilleuse au-dessus de mon lit. Elle a une robe élégante, des chaussures à talons, ses cheveux tombent librement en boucles sur ses épaules. Elle se penche bien bas sur moi. Ses grands yeux brillent de bonheur. Elle sent le parfum et quelque chose d'autre qui évoque la maison, pas l'hôpital.

— Ouvre la bouche et ferme les yeux.

J'obéis. Elle met un gros chocolat dans ma bouche. Je sais comment se mangent les chocolats. Il faut prendre le chocolat dans la main et n'en manger qu'un très petit morceau à la fois. Et puis j'ai envie de le voir, de le regarder, ce chocolat.

— Mords dedans et mange. Compris ?

Je hoche la tête.

Elle éteint la veilleuse et sort en courant. Je mords dans le chocolat. Ma bouche s'emplit d'un liquide sucré et brûlant. Je mâche le chocolat, je ne sais pourquoi la tête me tourne. Je suis bien. Je suis heureux.

Une autre fois, un foyer de plus. Je rampe dans le couloir, une *niania* vient à ma rencontre. Dans le couloir, il fait sombre et elle ne me remarque pas tout de suite. Quand elle est tout près, elle pousse un cri et fait un saut en arrière. Ensuite elle s'approche et se penche pour mieux me voir. J'ai la peau foncée, la boule à zéro. Au premier regard, dans la demi-obscurité du couloir, on ne peut distinguer que les yeux, de grands yeux flottant à quinze centimètres du sol.

— Mais qu'est-ce qu'il est maigre. La peau et les os. On dirait qu'il sort de Buchenwald.

Je ne suis pas très gros, c'est vrai. Dans le foyer d'où je venais on ne nous nourrissait pas spécialement bien et en plus j'avais du mal à manger.

Elle s'en va. Revient quelques instants plus tard et pose devant moi, sur le sol, un morceau de pain avec du lard. C'est la première fois de ma vie que je vois du lard, je mange donc d'abord le lard et le pain après. Soudain j'ai chaud, c'est agréable et je m'endors.

C'est Pâques. Toutes les *niania* sont endimanchées. Tout évoque la fête. Les *niania* sont particulièrement gentilles avec nous, les éducateurs sont eux très tendus. Je n'y comprends rien. Quand c'est fête, on montre à la télé des défilés militaires et civils. C'est seulement pour le Nouvel An qu'il n'y a pas de défilés. Par contre, il y a un sapin et des cadeaux.

Après le petit-déjeuner, la *niania* nous donne un œuf coloré à chacun. A l'intérieur, l'œuf est aussi blanc qu'un œuf habituel. Je mange l'œuf de Pâques. Il est très bon, bien meilleur que les œufs qu'ils nous donnent au foyer. Les œufs du foyer sont trop cuits, raides. Alors que celui-ci est tendre, il a très, très bon goût.

C'est étrange, mais dans tous les endroits où j'ai vécu, que ce soit un foyer, un hôpital ou un asile de vieux, il s'est toujours trouvé une bonne âme pour me donner un œuf coloré à Pâques. Et ça, c'est tout simplement formidable !

En Russie il y a une coutume – on honore la mémoire des défunts par une collation. Le quarantième jour après la mort de quelqu'un, la famille doit partager son repas. Pas simplement avec n'importe qui mais avec les plus déshérités. Plus celui qui mange est malheureux, plus tu fais plaisir au défunt, plus tu complais au Seigneur. Mais où trouver des malheureux dans le pays le plus heureux du monde ? Voilà pourquoi les bonnes âmes se présentaient devant la porte de notre foyer avec leurs sacs, leurs paniers et leurs paquets. Elles apportaient des bonbons, des biscuits, des petits pains blancs. Des petits pâtés et des blinis. Tout ce qu'elles pouvaient. Infatigables, les éducateurs les chassaient avec assiduité mais sans succès la plupart du temps.

Le travail de nos *niania* par contre leur permettait, malgré les interdictions les plus strictes, de faire passer la porte aux "offrandes".

Celles qui travaillaient dans notre section, celle des non-valides, étaient les mieux placées pour cela. On mangeait à part, les éducateurs étaient loin. Une *niania* réussit même une fois à passer toute une casserole de gelée de fruits. Nous étions de surcroît les plus malheureux de tous. Mangés par nous, les bonbons avaient beaucoup plus de valeur.

Nous, de notre côté, nous savions qu'il ne fallait ni dire "merci" ni sourire quand on recevait "l'offrande".

Un jour, j'étais allongé dans le jardin. Nous appelions "jardin" quelques pommiers poussant près du bâtiment du foyer. J'avais mis longtemps pour ramper jusqu'au jardin, ça m'avait fatigué et je me reposais, allongé sur le dos. Tous les valides étaient partis, peut-être regardaient-ils un film au club, peut-être les avait-on emmenés quelque part, je ne sais plus. J'étais couché avec l'espoir qu'une pomme veuille bien tomber pas trop loin de moi. Mais j'eus bien plus de chance encore.

Une vieille, toute décharnée, était en train d'escalader la palissade. Pas loin de deux mètres, mais cela n'avait pas l'air de gêner la grand-mère qui sauta d'un coup, regarda à droite et à gauche et s'approcha de moi. Elle scruta très sérieusement mes bras et mes jambes et me demanda d'un air affairé : "Orphelin, sans doute ?" Je hochai la tête. Elle ne s'attendait pas à tant de chance, bras et jambes tout tordus et en plus, j'étais orphelin ! Elle posa son panier sur le sol, rejeta la serviette dont il était couvert, en sortit une crêpe et ordonna : "Mange !" Je me mis à manger aussi vite que je le pouvais pendant qu'elle me pressait en répétant sans cesse : "Souviens-toi de tante Varvara, tante Varvara." Mais les bonnes choses ne durent qu'un moment. Du coin du bâtiment, une éducatrice s'en venait déjà vers nous.

— Pourquoi des personnes étrangères se trouvent-elles dans cette enceinte ? Qui vous a laissée passer ? Que faites-vous là ?

Puis, s'adressant à moi :

— Qu'est-ce que tu fais ?

Qu'est-ce que je faisais ? Je mâchais ma troisième crêpe. Je mâchais à toute vitesse parce que j'en avais encore une moitié dans mon poing et que je voulais avoir le temps de tout manger.

L'agile grand-mère avait attrapé son panier et avait déjà repassé la palissade. Je terminai ma crêpe rapidement. L'éducatrice resta là un moment, rêveuse, sourit à ses pensées et s'en alla.

C'étaient les premiers blinis de mon existence.

Une fois de plus, on me transfère d'un foyer à un autre. La fête commence dès la gare, on me donne une glace et de la citronnade. La glace est grande et recouverte de chocolat. Dès que le train démarre, la *niania* et l'infirmière s'en vont, comme elles disent, "vadrouiller". "Alors, on y va ou quoi ?" Elles reviennent avec deux Géorgiens. L'un des Géorgiens est vieux, il a les cheveux blancs – l'autre est un peu plus jeune. Tous les quatre boivent de la vodka, ils ont l'air contents. L'un d'eux coupe pour moi un grand morceau de saucisson, on me donne des œufs et de la citronnade. Le Géorgien aux cheveux blancs coupe rondelle sur rondelle, il les met sur des tranches de pain et me répète sans arrêt : "Mange, toi, mange, les enfants doivent bien manger. Il y a beaucoup à manger et personne ne plaint la nourriture." Le jour tombe, je peux regarder par la fenêtre tant que je veux et manger du saucisson. J'aurais aimé rouler, continuer à rouler et à regarder par la fenêtre. Je pensais que si, sur cette terre, on donnait à tous les adultes beaucoup de vodka et de saucisson, ils deviendraient bons et tous les enfants seraient heureux.

Je me retrouve dans mon dernier foyer, le meilleur du monde. Devant moi – le petit-déjeuner : un peu de purée de pommes de terre, une moitié de tomate, un petit pain blanc avec du beurre dessus, et du thé. Je suis certain que ce n'est pas fête aujourd'hui, alors pourquoi m'a-t-on servi des pommes de terre ? Je goûte le thé : il est sucré. Une tomate fraîche est pour moi de toute façon un mets de choix. Je mange tout et je comprends que j'ai eu un coup de chance inouï, j'ai atterri au paradis.

Nous vivons, Katia et moi, dans un entresol parce que ses parents ne veulent pas reconnaître notre mariage. C'est l'appartement de l'un de mes professeurs – une des meilleures femmes de la terre. Elle nous a installés chez elle, tandis qu'elle-même partait vivre dans sa datcha.

En revenant de l'université, Katia achète des *pelmeni**. Elle fait cuire d'un coup tout le paquet. Je sais ce que c'est. Au foyer, nous avions droit à quatre par personne. Je demande à Katia :

— Combien allons-nous en manger chacun ?

Elle me regarde d'un air bizarre.

— Vous les comptiez, ou quoi ?

Elle met les *pelmeni* dans nos assiettes. Katia en mange une assiettée. Moi, je n'arrive pas à en avaler plus de six. Je comprends que dans ce monde étrange, en dehors de l'administration, on ne compte pas les *pelmeni*.

— Ne jette pas l'eau de cuisson, conseillai-je à Katia en connaisseur. Elle peut servir pour une soupe.

Quelques jours plus tard, Katia, en visite chez ses parents, mange des *pelmeni*. Sa mère débarrasse la casserole de bouillon de la table et s'apprête à sortir de la cuisine pour jeter l'eau.

— Maman, dit Katia machinalement, ne jette pas l'eau, on peut s'en servir pour une soupe.

Le lendemain, quand Katia est partie à l'université, sa maman vient tout doucement jusqu'à notre porte et pose sur le seuil une poule à cuire. La glace est rompue.

* Sorte de raviolis.

Lorsque Katia part travailler, je reste seul à seul avec la plus adorable des femmes. Katia et moi nous partageons un appartement avec sa grand-mère.

Elle entre dans ma chambre et s'assoit en face de moi :

— Alors, c'est quand que tu crèves ?

— Ne vous en faites pas, lui dis-je. Je crèverai quand il le faudra. Regardez-vous plutôt, vous non plus vous n'êtes plus toute jeune. Vous comptez peut-être vivre éternellement ?

— A quoi t'es bon ? Sans bras ni jambes ? Tu ne peux même pas planter un clou.

— Vous avez un crayon ?

— Oui.

— Faites le tour de l'appartement et faites des marques partout où vous avez besoin d'un clou. Vous pouvez me croire, les clous seront plantés.

C'est ainsi, en bavardant à cœur ouvert, que nous passons le temps. La grand-mère me parle aussi de sa jeunesse, de sa famille. A l'en croire, tous les membres de sa famille sont des salauds et des pourris.

Au bout d'un certain temps, elle va à la cuisine, j'entends des bruits de vaisselle. Elle revient :

— Ruben, j'ai fait du bortsch. T'en boufferas ou t'as peur que je t'empoisonne ?

— Donnez-m'en toujours, de votre bortsch. D'ailleurs je n'ai pas peur d'y passer, j'en ai mangé, et des bien pires.

Elle m'apporte le bortsch. Le bortsch est très bon. Au fond de l'assiette il y a un gros morceau de canard.

Lorsque Alla* était enceinte, nous vivions vraiment très mal. Alla mangeait du pain avec de la graisse cuite. La graisse, je ne pouvais pas en manger, je mangeais du pain avec de l'huile de tournesol. Au foyer, le pain arrosé d'huile de tournesol et saupoudré de sel était considéré comme une friandise. Cette année-là, j'eus mal à l'estomac pour la première fois. Nous faisions aussi de la soupe de pois. Alla n'aimait pas la soupe, je la mangeais tout seul. J'avais la vie mille fois plus facile qu'elle, la soupe, je pouvais la manger et je n'étais pas enceint. Lorsque Maya naquit, Alla décida de la nourrir au sein. L'allaitement naturel est très bon pour la santé du bébé. Mais Maya se nourrissait mal. Le lait d'Alla avait une couleur verdâtre. Et le caca de Maya était lui aussi verdâtre. Tout ce temps-là Alla ne mangeait que des patates. Alla était une personne normale, elle avait besoin de bien plus de nourriture que moi. Elle était capable de manger en une seule fois ce que je mangeais en une journée. Nous décidâmes qu'acheter du lait en poudre pour Maya nous reviendrait moins cher que de procurer à Alla une alimentation convenable.

J'ai la visite d'une connaissance.
— Ça va ?
— Ça va.
— Tu manges quoi ?
— De la soupe de pois.
— Avec des patates ?
— Bien sûr.
— Ben, nous, ça fait deux semaines qu'on mange de la soupe de pois sans patates.

* Seconde épouse du narrateur.

Moi je ne mange de la soupe de pois que depuis trois jours. Je suis en possession d'un sac de pommes de terre.

Maya a un an et demi. Elle a refusé de manger sa bouillie. Je prends son assiette et je la finis calmement. Maya s'est mise à réclamer d'abord du saucisson, puis des petits pains d'épice. Nous n'avons ni l'un ni l'autre, mais le problème n'est pas là. Si tu as faim – tu mangeras tout ce qu'il y a, sinon tant pis pour toi (c'est une règle du foyer). Maya déambule dans l'appartement, elle réfléchit. Ensuite, elle s'approche d'Alla et dit calmement : "Maman, fais-moi des pommes de terre." Nous mangeons les pommes de terre avec du sel et de l'huile de tournesol et je me souviens qu'au foyer nous faisions cuire des patates après l'extinction des feux en nous servant d'une résistance électrique de notre fabrication. Ce à quoi j'avais eu droit vers quinze ans (seuls les élèves de terminale pouvaient se faire cuire des pommes de terre) était pour Maya acquis de naissance.

Alla ramène Maya du jardin d'enfants. Elle rit. Elle a croisé la cuisinière. Celle-ci lui a raconté avec fierté que les enfants ont eu de la poule au déjeuner. "Une grosse poule bien grasse, tout le monde en a eu un petit morceau." Il y a plus de cent enfants là-bas. De poule, il n'y en avait qu'une, plus exactement une et demie. Je ris aussi.

Je suis content que Maya aille au jardin d'enfants. Elle y a beaucoup d'amis, ils font tous ensemble des objets en pâte à modeler, de la peinture à l'eau. Et puis, quand Maya en revient, elle mange tout ce qu'on lui donne, elle ne fait pas d'histoires.

Sur le chemin du retour après le jardin d'enfants, Maya demande à Alla de lui acheter des *soukhariki**. Des *soukhariki* ordinaires à la vanille.

— Mais voyons, nous avons de l'argent en ce moment, si tu veux, je t'achète un gâteau à la crème ou autre chose peut-être.

— Non, des *soukhariki.*

Alla achète les *soukhariki.* Maya s'assoit à table et toute la soirée grignote ses biscottes. Il s'avère qu'on leur a donné une biscotte à chacun au goûter et qu'elle en voulait plus. Au foyer, nous avions droit à deux *soukhariki* chacun.

Lorsque je vivais à l'asile de vieux, une chose m'avait frappé. A la cantine, après le déjeuner, il y avait distribution d'os. Des os ordinaires, de bœuf, de ceux qui servent pour la soupe. Seuls les vétérans de la guerre y avaient droit. La viande en avait été détachée très soigneusement, mais en s'y prenant suffisamment bien, il était encore possible d'en récupérer un peu. Les vétérans se pressaient devant le guichet de distribution, s'injuriaient, chacun faisant le compte de ses grades et états de service. Récemment, j'ai demandé à une connaissance du foyer, qui en venait, ce qu'il en était des os là-bas, est-ce qu'on en distribuait toujours ?

— Ça ne va pas, toi. Ça fait déjà longtemps qu'on ne met plus rien dans la soupe. Les os, c'est fini.

* Sorte de biscottes.

LES *NIANIA*

Il n'y en a pas eu beaucoup. De véritables *niania*, des vraies de vraies, attentionnées et affectueuses. Je ne me souviens pas de leurs noms, enfin, je ne me souviens pas de tous les noms de toutes les gentilles *niania*. Entre nous, nous les avions divisées en deux groupes : les bonnes et les méchantes. Dans ce monde-là, le monde des enfants, la frontière entre le bien et le mal nous paraissait simple et évidente. Cela me poursuit, cette mauvaise habitude que j'ai prise au foyer de diviser tous les gens en amis et ennemis, intelligents et bêtes, bons et méchants. Que voulez-vous ? J'ai grandi dans un monde à part. Un monde où la frontière entre la vie et la mort est ténue, où bassesse et vilenie sont la norme. Et norme aussi la sincérité et la bonté. Tout mélangé. C'est sans doute justement la nécessité de chaque fois devoir choisir entre le bon et le mauvais qui m'a rendu si catégorique.

Les gentilles *niania* étaient croyantes. Toutes. Voilà, je viens de l'écrire et j'ai encore divisé les gens en catégories. Je ne m'en déferai jamais.

Croire était interdit. On nous disait que Dieu n'existait pas. L'athéisme était la règle. Aujourd'hui on a du mal à le croire, mais c'était vraiment comme ça. Je ne sais pas s'il y avait des croyants parmi les enseignants. Sans doute y en avait-il. Il était interdit aux enseignants de parler de cela avec nous. Pour un signe de croix ou un œuf de Pâques, un enseignant risquait son emploi. Pas une *nianiа*. Les *niania* avaient des petits salaires et beaucoup de travail. Il y avait peu de gens désireux de laver les sols et de changer les enfants. Pour les *niania*, on fermait tout simplement les yeux quand elles étaient croyantes. Et elles gardaient leur foi. Elles restaient croyantes malgré tout. Elles priaient longuement pendant les gardes de nuit après avoir allumé un cierge apporté de chez elles. Elles nous signaient chaque soir pour la nuit. A Pâques, elles nous apportaient des œufs et des crêpes. Il était interdit d'apporter de la nourriture de l'extérieur, mais que pouvait faire la direction, si stricte soit-elle, de ces femmes sans éducation ?

De gentilles *niania*, il n'y en a pas eu beaucoup. Je me souviens de toutes. Je vais essayer justement de vous raconter l'histoire de l'une d'elles. C'est une histoire vraie qu'elle m'a elle-même racontée. Je vais tenter de restituer ce qu'a conservé ma mémoire d'enfant en essayant d'être aussi exact que possible.

Ça fait déjà bien longtemps que je travaille ici. Quand je suis arrivée, j'ai regardé autour de moi et j'ai vu des tout-petits, certains sans bras, d'autres sans jambes. Et tous très sales. T'en laves un, il recommence à ramper et le voilà à nouveau tout sale. Il y en a certains qu'il faut nourrir à la cuiller, d'autres à qui il faut laver le derrière toutes les heures. Je me fatiguais énormément. La première nuit de garde, je n'ai pas eu une minute pour m'étendre. On nous en avait encore apporté un nouveau, il n'a pas arrêté d'appeler sa mère toute la nuit. Je me suis assise sur son lit, je lui ai tenu la main et je suis restée comme ça à son chevet jusqu'au matin. Et tout ce temps je n'ai fait que pleurer, pleurer. Le matin venu, j'ai été voir le prêtre lui demander sa bénédiction pour quitter le travail. Je ne peux pas voir ça, je lui ai dit, mon père, ils me font tous pitié, ça me brise le cœur. Mais le prêtre ne m'a pas donné sa bénédiction. C'est ta croix maintenant jusqu'à la fin de tes jours, qu'il me répond. J'ai eu beau le prier, le supplier. Et puis ensuite, je m'y suis mise, je m'y suis faite. Mais c'est dur quand même. Je note les noms de tous les enfants dont je m'occupe. Chez moi, à la maison, j'ai un cahier dans lequel je vous inscris tous. Et le jour de Pâques je mets un cierge pour chacun de vous. Ça fait beaucoup de cierges déjà, c'est cher, mais c'est égal, j'en mets pour chacun et pour chacun je récite un Notre Père. Parce que le Seigneur nous a commandé de prier pour tous les petits enfants innocents. T'as un prénom bizarre, Ruben, arménien. Pour sûr. Les Arméniens sont des chrétiens, ça je le sais. T'es pas arménien, tu dis ? C'est bien ce que j'ai pensé aussitôt, si les parents ne viennent pas le voir, ce sont sûrement des sortes de mécréants. Une âme baptisée n'abandonnera pas son petit. Ce sont des chiens, que Dieu me pardonne moi vieille bête, mais là t'as beau pas vouloir, tu te laisses aller à pécher. Mais tu seras quand même inscrit dans mon cahier sans ton nom de famille. Il est si étrange, je ne saurais même pas l'écrire.

Tous sont inscrits avec leur nom de famille sauf toi. Pour prier, le prénom seul suffit, mais quand même c'est pas bien que tu n'aies pas ton nom dans le cahier.

Qu'ajouter à ce récit ? J'ai grandi, j'ai lu toutes sortes de livres et je me prends pour quelqu'un de très intelligent. Merci aux professeurs qui m'ont appris à lire. Merci au gouvernement soviétique qui m'a élevé. Merci aux Américains intelligents pour avoir créé l'ordinateur, pour la possibilité d'écrire ce texte avec l'index de ma main gauche.

Merci à toutes les gentilles *niania* pour m'avoir appris la bonté, pour cette chaleur au fond de mon âme que j'ai conservée malgré toutes les épreuves. Merci pour ce qui ne peut pas être exprimé par des mots, ni calculé par un ordinateur, ni mesuré. Merci pour l'amour et la miséricorde chrétienne, pour avoir fait de moi un catholique, merci pour mes enfants. Merci pour tout.

LES GARS

Nous étions dix dans le dortoir. Neuf, pour être exact. Vovotchka ne comptait pas. Vovotchka ne pouvait pas parler. Il ne pouvait rien, que manger et faire caca. Nous étions souvent réveillés par ses cris. Comme toujours, il voulait manger. Il était capable de manger beaucoup, tout ce qu'on voudrait bien lui donner. On lui donnait comme aux autres, mais ce n'était pas suffisant, alors il criait. Un bébé de douze ans.

A part lui, il y avait Vassiliok et moi. A voir comme ça, Vassiliok avait dans les vingt ans. Il avait les jambes paralysées. Il était fort comme un bœuf. Ou plutôt comme beaucoup de retardés mentaux. Un jour, il avait saisi par la jambe une *niania* qui se moquait de lui, elle n'arrivait pas à se dégager et en garda longtemps un gros hématome. Les *niania* se moquaient de cet inoffensif colosse, lui donnaient une tape dans le dos en passant ou faisaient quelque commentaire obscène, après quoi il se masturbait bruyamment toute la nuit, ce qui donnait lieu à de nouvelles plaisanteries… A dire vrai, les *niania* l'avaient à la bonne, elles lui servaient toujours double portion.

Moi, je suis un petit garçon de neuf ans. Imaginez un petit homme paralysé. Il est couché par terre, appuyé sur ses coudes, et se balance de droite à gauche et de gauche à droite. Il fait quelque chose. Mais vous ne comprenez pas tout de suite ce qu'il fait. Il rampe. Je rampais vite, j'aurais pu parcourir une distance de trois cents mètres en une demi-heure, mais hélas ! je fatiguais vite. Tous les dix, quinze mètres, je devais me reposer. Cependant je pouvais ramper ! Dans tout le dortoir, il n'y avait que Vassiliok et moi qui pouvions le faire – et cela nous distinguait des autres.

Ils étaient sept. Je ne me souviens pas de tous les prénoms. D'ailleurs ce n'était pas nécessaire. Seul Sachka Poddoubny pouvait se tenir assis et, chaque matin, les *niania* l'installaient devant une table basse. Les autres restaient vingt-quatre heures sur vingt-quatre étendus sur leur lit. On les appelait "les gars". Ils jouissaient d'un respect absolu, même le caïd du foyer venait leur demander conseil. Nous étions les seuls à avoir un poste de télé dans notre chambrée et nous pouvions la regarder quand bon nous semblait.

Je m'étais retrouvé par hasard dans ce dortoir. Le jour de mon arrivée dans la maison, un des gars venait juste de mourir. Il avait occupé le lit porte-malheur, le numéro trois. Avant moi, trois gars y avaient dormi et les trois étaient morts. Personne ne voulait le prendre, or moi j'étais le nouveau. Par la suite il fut question de me changer de dortoir, mais Sachka Poddoubny demanda qu'on me laisse là, et je restai. Mais ça, c'est une autre histoire.

Un jour, Sachka eut besoin d'aller aux toilettes, or Vassiliok n'était pas dans la pièce.

J'avais le choix : ramper et trouver une *niania*, ou essayer de l'aider moi-même. Je pris l'élastique du pantalon de son survêtement entre mes dents, je tirai dessus, poussai le pot de chambre vers lui et il pissa. Après cela, en vertu de la loi tacite du foyer, je pouvais à mon tour lui demander quelque chose. J'y allai au culot et lui demandai de me prêter un de ses livres. Il en avait beaucoup. Il était tout le temps en train de lire ou de traduire des textes allemands.

— Prends *Les Trois Mousquetaires*.

— J'ai déjà lu *Les Trois Mousquetaires* et puis c'est pour les enfants, donne-moi *Solaris**.

— Tu n'y comprendras rien.

— Si, je comprendrai !

— Tu es têtu, c'est bien. Prends *Solaris* et tu me raconteras après ce que tu auras compris.

Je lus *Solaris* d'une traite ce dimanche-là. Lorsque Sacha me demanda ce que j'y avais compris, je lui dis : "Le héros n'aurait pas dû partir pour son vol spatial, il aurait dû résoudre ses problèmes avec la femme avant, et sur terre." Sacha me dit que j'étais encore un bébé et que je ne comprenais rien. Pourtant, à partir de ce moment-là, il se mit à me prêter des livres. Au fond, j'ai eu de la chance. Les gars m'avaient à la bonne.

* Roman du Polonais Stanislaw Lem adapté au cinéma par Andreï Tarkovski, éd. Gallimard.

Les tuteurs sont venus nous rendre visite. Nous avions pour tuteurs les étudiants de l'Institut pédagogique.

On nous a rassemblés dans la salle des fêtes, les tuteurs nous ont chanté deux ou trois chansons et s'en furent. Enfin, pas tous. Selon les règles du tutorat, les étudiants devaient mettre sur pied avec nous des activités, nous aider à faire nos devoirs, etc. Seulement, la majorité d'entre eux nous considérait comme des pestiférés. Cette expression "comme des pestiférés", je l'ai lue plus tard dans un livre, et elle m'a beaucoup plu. Car comment traduire autrement par des mots ces yeux exorbités et ce dégoût mal dissimulé ?

Certains revenaient quand même. Curieusement, c'étaient des étudiantes qui n'avaient pas inventé la poudre. Une bonté innée et de la pitié, ou bien peut-être était-ce de la curiosité qui les faisait revenir chez nous chaque fois, encore et encore.

Une fille de ce genre alla même jusqu'à venir dans notre dortoir à nous.

— Est-ce qu'on peut vous aider à quelque chose, les garçons ?

— Tu veux boire du *tchifir* ?

— Quoi ?

— Du thé très fort.

— D'accord.

— Dans ce cas, trouve la résistance électrique sous mon matelas, le bocal dans la table de nuit, va chercher de l'eau et installe le tout sous le lit.

C'était Vovka-Moscou qui parlait. "Moscou" – il avait un surnom comme ça. Je ne sais pas pourquoi.

Cette étudiante était déjà venue plusieurs fois, les gars lui offraient des chocolats, lui débitaient des histoires drôles. Avec elle, on était bien, c'était gai.

Un jour, elle s'était attardée, il était temps pour elle de partir mais personne, bien sûr, ne voulait qu'elle s'en aille.

— Allez les garçons, j'ai encore de la physique et des maths à faire, et personne ne me laissera copier.

— Tu es en quelle année ?

— Deuxième.

— Tu as ton manuel ?

— Il est dans mon sac.

— Sors-le, lis-nous ce qu'il y a à faire.

Là, c'est Guenka qui parle de son lit dans le coin.

Elle le sort, s'assoit pour lire.

— Là, je n'y comprends rien.

— Moi non plus. Ça ne fait qu'un an que j'étudie les mathématiques supérieures. Lis à voix haute.

— Et les formules ?

— Les formules aussi.

Elle lisait, nous étions heureux qu'elle ne s'en soit pas encore allée et nous étions sûrs que Guenka résoudrait tous les problèmes.

Elle lut longtemps comme cela, puis Guenka lui ordonna de s'asseoir à la table et d'écrire.

— Mais tu ne vois pas ce que j'écris !

— Tu le vois, toi ?

— Oui, bien sûr.

— Eh bien, alors, écris.

Il lui dicta la solution de tous ses exercices et se tut.

— Je peux vérifier avec les réponses ? Je les ai là.

— Vas-y.

— C'est bon ! Comment tu as fait ? Sans regarder dans le cahier ! Tu es si petit pourtant !

Guenka pesait une dizaine de kilos. En plus de ne pouvoir marcher, il avait quelque chose à la thyroïde qui l'empêchait de grandir. D'habitude, on le recouvrait jusqu'au menton d'une couverture qui laissait voir le petit visage d'un garçonnet de huit ans. Au fond, c'était mieux ainsi. On le portait parfois dehors. Vassiliok et moi, nous pouvions par nous-mêmes ramper jusqu'au bitume alors que les autres ne savaient pas ce que c'était.

— J'ai dix-huit ans. Je ne suis pas plus petit que toi.

— Ah là là, les garçons ! (Elle était la seule à les appeler "les garçons".) Et moi qui croyais que vous étiez encore à l'école.

— Officiellement, c'est le cas. Nous sommes des redoublants. Certains ont même redoublé toutes les classes l'une après l'autre. Grâce uniquement à la bonté de notre directeur. Il ne veut pas nous transférer à l'asile de vieux. Là-bas, il n'y aura personne pour prendre soin de nous et nous mourrons.

— Mais pourquoi n'entreriez-vous pas à la fac ? Vous y seriez les meilleurs !

— A la fac, ils ne prennent que les gens qui peuvent se déplacer.

Elle ramassa ses affaires à toute vitesse et s'en alla. Je sortis en rampant dans le couloir. Il pleuvait et je voulais aller jusqu'à la sortie.

Il faisait frais, c'était une fin d'automne ou un début de printemps. On laissait les portes ouvertes et j'aimais ramper jusque sur le seuil et voir la pluie. Quelques gouttes tombaient toujours à l'intérieur et m'atteignaient. Je me sentais bien, un peu triste.

Mais ce jour-là ma place près de la porte était prise. Cette même étudiante fumait en tirant avec avidité sur sa cigarette, appuyée lourdement contre le chambranle. Et elle pleurait. Je ne me souviens pas comment elle était vêtue. Je me souviens seulement de ses chaussures à talons. Elle était très belle. Je pensai que jamais plus je ne verrais une fille aussi belle. Elle fumait et pleurait. Puis, sa cigarette terminée, elle s'en alla sous la pluie. Sans imperméable ni parapluie.

Elle ne revint jamais nous voir.

Une commission était arrivée de Moscou. On avait collé un blâme au directeur et tous les gamins avaient été transférés à l'asile de vieux. Leur éducatrice se présenta dans notre classe : "Dorénavant, c'est moi qui vous suivrai jusqu'à la fin de votre scolarité." Je passai dans le secondaire. Fini le primaire. Maintenant, nous avions droit à "notre" professeur principal et à "notre" éducatrice.

Un mois après le transfert des gamins à l'asile de vieux, elle alla rendre visite à "ses" pupilles. Au retour, elle nous raconta tout.

Sur les huit gamins, seul Guenka avait survécu. L'asile de vieux était constitué de quelques baraquements séparés les uns des autres. Les vieillards et les invalides étaient triés selon leur degré d'invalidité. Les "nôtres" s'étaient retrouvés dans le baraquement des mourants. Le long des murs, des rangées de lits d'où s'écoulait de l'urine. Ils ne voyaient jamais personne. L'éducatrice leur avait apporté des fruits mélangés en compote dans de grands bocaux. Elle dit en parlant de Guenka :

— C'est qu'il est devenu hargneux. "Vous pouvez la remporter votre compote, de toute façon ce sont les valides qui se la mangeront."

Je lui demandai ce qu'il adviendrait de moi quand je serais grand. Moi aussi on me transférerait à l'asile de vieux et je mourrais ?

— Evidemment.

— Mais j'aurai alors quinze ans, je ne veux pas mourir si jeune. Donc, tout ça c'est pour rien ? A quoi bon apprendre, alors ?

— Rien n'est jamais pour rien. Vous devez apprendre parce qu'on vous nourrit gratuitement. Et d'ailleurs, tu as appris tes leçons ?

A partir de là, je changeai radicalement. Pour un rien, j'avais les larmes aux yeux, je pleurais. Rien n'y faisait, ni raisonnements, ni menaces. Je poussais des hurlements.

On appela un médecin. Un tout jeune type arriva, il s'assit à côté de moi par terre, sourit et posa quelques questions. Je lui souris en retour. Je ne voulais pas parler avec lui. Mais il le fallut bien.

— Pourquoi pleures-tu si souvent ?

— Je ne pleure pas souvent.

— Pourquoi as-tu pleuré hier ?

— En rampant, je me suis cogné la tête et je me suis mis à pleurer.

— Je ne te crois pas. Ton éducatrice m'a tout raconté. Tu pleures sans arrêt. Ce n'est pas normal. Pourquoi ne veux-tu pas me parler ?

— Parce que vous êtes psychiatre. Ils sont tous bien gentils au début et après ils vous embarquent à l'hôpital. Et là-bas on vous fait des piqûres et on vous donne des cachets pour qu'on devienne comme Vassiliok.

— Qui t'a raconté ces balivernes ? Personne ne va t'embarquer nulle part. Qui est Vassiliok ?

— Pour ce qui est de l'hôpital, c'est Vovka-Moscou qui me l'a dit.

— Et où est-il maintenant, ton Vovka ?

— Il est mort. Ils sont tous morts. Ils étaient bons et intelligents. Sachka Poddoubny me prêtait ses livres. Maintenant, eux, ils n'existent plus alors que Vassiliok est vivant. Lui, on l'a transféré dans un autre internat, un bon, parce qu'il peut ramper et aller tout seul aux toilettes.

— Qui t'a dit qu'ils étaient tous morts ?

— L'éducatrice. Et elle m'a dit encore qu'on m'y emmènerait aussi quand j'aurais quinze ans. Maintenant, j'en ai dix.

L'éducatrice souriante regarde le médecin, l'air embarrassée, et dit :

— Et alors ? Ce que j'ai dit là ? Je l'ai raconté à toute la classe.

Le médecin alluma une cigarette. Je voyais pour la première fois un adulte fumer au beau milieu d'un dortoir. Il me plaisait, je ne sais pourquoi.

— Tu as peur de moi ?

— Oui.

Il n'était pas du tout furieux. Il finit sa cigarette, me jeta un dernier coup d'œil et s'en alla.

Guenka mourut très peu de temps après.

L'AMÉRIQUE

Ce pays, il fallait le haïr. C'était de mise. On devait haïr tous les pays capitalistes, mais l'Amérique particulièrement. L'Amérique était peuplée d'ennemis, de bourgeois qui buvaient le sang de la classe ouvrière. L'impérialisme américain préparait pour nous la bombe atomique. En Amérique, les ouvriers affamés n'arrêtaient pas de mourir, devant l'ambassade de l'Union soviétique aux Etats-Unis se déversait le flot ininterrompu de ceux qui désiraient changer de nationalité et qui faisaient la queue. C'est ce qu'on nous apprenait, nous y croyions.

Moi, j'aimais l'Amérique, je l'aimais depuis l'âge de neuf ans. C'était exactement l'âge que j'avais lorsqu'on me dit qu'il n'y avait pas d'invalides en Amérique. On les tue là-bas. Tous. Si dans une famille naît un handicapé, le médecin fait à l'enfant une piqûre mortelle.

— Vous comprenez maintenant, les enfants, à quel point vous avez eu de la chance de naître dans notre pays ? En Union soviétique on ne tue pas les enfants handicapés. On vous éduque, on vous soigne et on vous nourrit gratuitement. Vous devez être de bons élèves pour pouvoir exercer un métier utile.

Je ne veux pas qu'on me nourrisse gratuitement, je ne pourrai jamais exercer un métier utile. Je veux une piqûre, une piqûre mortelle. Je veux aller en Amérique.

LE DÉBILE

Je suis un débile. Ce n'est pas un qualificatif offensant, juste le constat d'un fait. Le niveau de mon intellect est insuffisant pour une existence indépendante, même pour une survie élémentaire. Je sais depuis l'enfance qu'il existe une débilité compensée et une débilité non compensée. La débilité compensée est une déficience mentale qui permet à la personne de vivre en société sans aide extérieure. On présente en général comme exemple standard de débilité compensée le cas de personnes avec des problèmes mentaux à qui, grâce aux efforts des pédagogues et des médecins, on a réussi à apprendre le métier de peintre en bâtiment ou de concierge. Les pédagogues m'ont appris à résoudre des équations complexes, les médecins m'ont soigneusement bourré de médicaments, m'ont consciencieusement appliqué sur le corps leurs emplâtres rigides – tous ces efforts se sont avérés vains. Jusqu'à ce jour je suis incapable de soulever un pinceau de peintre en bâtiment.

Un de mes premiers souvenirs d'enfance – une conversation entre adultes que j'ai surprise.

— Tu dis qu'il est intelligent. Mais voyons, il ne peut pas marcher !

Depuis ce temps-là, rien n'a changé. Toute ma vie, les autres ont parlé de mon invalidité comme d'une possibilité ou d'une non-possibilité de produire des actions mécaniques : marcher, manger, boire, aller aux toilettes. Mais l'essentiel restait toujours que je ne pouvais pas marcher. Le reste n'intéressait presque jamais les adultes. Tu ne peux pas marcher – tu es un débile.

Encore un nouveau foyer, encore un changement de lieu. J'y arrivai à ma sortie de la clinique où, pendant deux ans, on avait essayé sans succès de me mettre sur pied. La thérapie était simple. Mes jambes arquées à la hauteur du genou furent plâtrées, ensuite, périodiquement, on coupait le plâtre aux endroits adéquats, on faisait pression sur les articulations et on fixait les jambes dans une nouvelle position. Au bout d'un an et demi mes jambes devinrent droites. On essaya de me mettre debout sur des béquilles, on vit que c'était inutile et on signa ma sortie. Pendant tout le traitement, mes jambes me faisaient souffrir sans arrêt, j'avais du mal à me concentrer. Selon la loi, chaque enfant d'âge scolaire en Union soviétique avait droit à l'instruction, ceux qui le pouvaient se rendaient à l'école de la clinique même, pour les autres un enseignant se rendait carrément dans la chambre. Moi aussi, une institutrice vint me voir quelques fois mais, après s'être convaincue de mon insondable stupidité, elle me laissa tranquille. Les enseignants avaient pitié du pauvre enfant et me mettaient la moyenne dans toutes les matières. C'est ainsi que je passai de classe en classe.

Je suis entré à la clinique en deuxième année de primaire. On m'inscrivit en quatrième année au moment de mon départ. Tout était pour le mieux et conforme à la loi. On m'apporta en classe et on me posa sur le sol.

C'était la leçon de mathématiques. J'avais eu de la chance. Ce jour-là, la classe avait une interrogation écrite. Une interrogation écrite en mathématiques était une affaire sérieuse et le conseil pédagogique de l'école avait accordé pour cette tâche deux séances consécutives de quarante-cinq minutes.

L'institutrice me posa quelques questions, découvrit qu'il fallait remettre le petit en deuxième année et s'en tint là. Elle appela une *niania* pour me faire transporter au dortoir.

La *niania* arriva. Me regarda.

— Mais voyons, je viens juste de le faire. Il faut de nouveau le porter ? Je ne suis pas là pour vous servir de bête de somme. J'ai des droits, moi aussi. Voilà bien les gens instruits. Ils ne s'en sortent pas, et moi je dois m'esquinter au boulot ? Moi aussi, peut-être bien, s'il n'y avait pas eu la guerre, j'en serais devenue une, d'institutrice.

La *niania* haussait de plus en plus le ton, l'institutrice l'écouta attentivement jusqu'au bout et finit par se résigner. Elle pria poliment la *niania* de sortir après lui avoir présenté ses excuses pour l'avoir dérangée. La *niania* sortit, l'interrogation écrite pouvait commencer.

L'institutrice écrivait rapidement les problèmes au tableau. Elle finit d'écrire et s'assit à son bureau.

Je regardais le tableau et ne comprenais rien. A côté des chiffres, il y avait des lettres dans les problèmes. Je savais très bien ce qu'étaient les moins et les plus – avant la clinique j'étais le meilleur élève –, mais les signes de multiplication me paraissaient de simples erreurs d'inattention.

— Il y a une erreur dans les exemples, dis-je tout à coup. Pourquoi avez-vous écrit des lettres avec les chiffres ? Voyons, on ne peut pas additionner des lettres.

— Ce n'est pas une erreur. En fait, ces lettres désignent des chiffres. C'est bien ce qu'il faut trouver, les chiffres qui se cachent derrière ces lettres. Cela s'appelle "résoudre une équation".

— Alors, si un plus *kha* est égal à trois, *kha* est égal à deux ? On dirait une devinette de revue.

— Ce n'est pas un *kha*, mais un *iks*. Mais, sur le principe, tu as raison.

— Alors, pourquoi dans le deuxième exemple *iks* se trouve-t-il entre deux chiffres ?

— Ce n'est pas un *iks*, c'est un signe de multiplication. Il s'écrit comme un point ou comme la lettre russe *kha*. J'ai choisi d'écrire le signe de multiplication comme une petite croix pour que cela soit plus visible au tableau pour ceux qui sont assis au dernier rang.

Je ne savais pas ce qu'était une multiplication. Pour une raison mystérieuse, les médecins de la clinique avaient pour obsession de savoir combien faisaient deux fois deux et trois fois trois. Si ma réponse était mauvaise, ils riaient bruyamment et me donnaient la bonne réponse. Parfois, ils me donnaient aussi un bonbon ou un gâteau sec. S'ils m'avaient expliqué tout de suite que la multiplication était une addition consécutive, je ne m'en serais pas senti mieux pour autant. J'avais très mal aux jambes et je n'aimais pas les médecins.

L'institutrice m'expliqua ce qu'était une multiplication.

— Pourquoi est-ce que je t'explique tout ça ? poursuivit-elle. Tu ne connais même pas les tables de multiplication.

— Si, je les connais, mais seulement jusqu'à cinq. Et je me souviens aussi de six fois six trente-six.

— Et sept fois huit ?

— Tout de suite.

Je commence à additionner les chiffres à haute voix. Je donne la réponse juste.

— Champion ! me félicite l'institutrice.

— C'est simple, dis-je, quand vous expliquez, tout est simple. Racontez encore.

— Tu ne comprendras pas.

— Si. C'est vous-même qui avez dit que j'étais champion.

L'institutrice se lève, pleine d'allant, s'approche du tableau et commence la leçon. Elle écrit, écrit. De temps en temps elle s'interrompt, se tourne vers moi et demande : "Tu as compris ?" Je comprends tout. Elle me raconte les mathématiques, je l'interromps pour poser des questions. "Encore, lui dis-je, encore." Nous échangeons des sourires. Tout est si simple.

— Voilà. C'est tout. Je t'ai raconté tout ce que tu dois savoir au jour d'aujourd'hui en tant qu'élève de quatrième année de primaire.

— Je peux faire l'interrogation écrite ?

— Je ne suis pas sûre que tu y arrives, mais essaie.

J'essaie.

Deux heures, ça passe très vite ; les élèves rendent leurs copies. L'institutrice se penche, prend mon bout de papier, le parcourt rapidement. Elle me regarde. Son regard est froid et distant, différent de celui qu'elle avait il y a peu au tableau. Je comprends tout.

Ce n'est pas si difficile d'être un débile, après tout. Tout le monde vous regarde sans vous voir. On n'est pas une personne, on n'est rien. Mais parfois il arrive que par bonté innée ou par obligation professionnelle votre interlocuteur réalise qu'à l'intérieur on est exactement comme les autres. En un instant l'indifférence se transforme en admiration puis l'admiration en un sourd désespoir devant la réalité.

Je ne regarde pas l'institutrice. Elles sont toutes les mêmes. Je suis persuadé qu'à cet instant elle pense à la même chose que les autres – à mes jambes. Les jambes, voilà qui importe, les mathématiques à côté c'est rien que des bêtises, un passe-temps.

SACHA

Nous nous connaissons depuis l'âge de cinq ans environ. Il me faisait des misères. Plus tard nous sommes devenus amis. Sa maman me donnait souvent des bonbons et, une fois, elle m'a offert un jouet mécanique. Cette femme autoritaire, forte et très bonne a réussi à faire de son fils quelqu'un de bien. Il y a très peu de temps, cinq ans peut-être, j'ai appris qu'elle avait voulu m'adopter. On le lui avait refusé. Quand, déjà adulte, je lui posai la question "dans quel but ?", elle comprit aussitôt et dit simplement :

— Sacha se serait moins ennuyé. Vous auriez joué ensemble. Tu serais entré à l'université, car tu es intelligent, toi, pas comme mon nigaud de fils. J'aurais fait de toi un professeur.

Je regardai cette femme russe, intelligente, dans les yeux. J'étais persuadé que si on le lui avait permis, elle aurait déplacé toutes les montagnes, surmonté toutes les épreuves, m'aurait porté aux cours dans ses bras au besoin, mais aurait fait de ce petit Espagnol aux yeux noirs un professeur de mathématiques. Elle, qui n'était ni médecin ni enseignante, avait vu dans les yeux de ce petit garçon de cinq ans ce que les innombrables commissions médicales allaient essayer en vain de comprendre. Je sais qu'elle n'aurait même pas voulu voir les diagnostics sur mes "restes d'activité cérébrale" et ma "débilité mentale". Elle voyait mes yeux.

Mais c'est de Sacha, son fils, que je veux parler. D'un petit garçon qui avait une maman.

Je me souviens mal de cette lointaine enfance où nous étions tout petits. J'ai vraiment fait la connaissance de Sacha plus tard, lorsque les circonstances nous réunirent à nouveau dans un de mes multiples foyers.

Il rampait dans le couloir et chantait :

Les malabars descendent dans l'arène,
D'un coup d'épaule ils brisent toutes les chaînes.

Sacha était très différent de nous. Sa mère, qui occupait un poste important dans le commerce, l'élevait simplement. Elle l'emmenait avec elle au travail et lui montrait la vie réelle. Il savait tout de la comptabilité, des factures, de la distribution des produits déficitaires et pourquoi nous avions eu si peu de bouillie au petit-déjeuner.

Il rampait dans le couloir et chantait. Il avait une voix forte, qui portait loin. Il saluait bien haut les *niania* ou les enseignants qu'il rencontrait sur son chemin. Il les appelait "le personnel".

On le mit tard à l'école, sa mère avait dépensé beaucoup de temps et de forces pour essayer de le guérir. Comme toutes les mamans, elle voulait voir son fils en bonne santé et heureux. Il était donc beaucoup plus âgé que ses condisciples.

Je trouvais choquante sa manière de chanter à tue-tête. Je n'aimais pas le ton sur lequel il parlait aux *niania*. Très souvent, il les tutoyait. "Vas-y, Mania, sois pas radine, rajoute de la bouillie. Et mets-en au gamin. Tu crois que comme il n'a pas de parents et personne pour le défendre, tu peux te passer de le nourrir ?" Je ne comprenais pas encore à l'époque que derrière ses manières brusques de façade, il cachait son manque d'assurance. Moi, je considérais les *niania* comme des demi-dieux alors que lui pouvait répondre à leurs goujateries et à leurs jurons obscènes sur le même ton.

Je ne comprenais rien à rien, à l'époque.

Sacha avait reçu un colis. La maman de Sacha comprenait que la vie au foyer n'était pas une sinécure et lui envoyait d'énormes colis de nourriture. En mère aimante, elle voulait que Sacha ait des amis, qu'il puisse suivre à l'école, c'était pour cela qu'elle l'avait mis au foyer. Elle le reprenait à la maison pour toutes les vacances scolaires et pour l'été, quant à son séjour au foyer, elle faisait tout son possible pour le lui rendre plus agréable en envoyant des colis, en laissant de l'argent pour lui.

Il y avait des mamans de toutes sortes. Les plus stupides apportaient et envoyaient à leurs enfants des bonbons. Les plus intelligentes apportaient du lard, de l'ail, des conserves faites par elles, bref, de la nourriture normale.

La maman de Sacha n'était pas seulement une maman intelligente, elle était de surcroît un haut responsable. Elle envoyait des colis de luxe avec du chocolat, des conserves de viande, des ananas en boîte et du jus de mangue.

Ce jour-là, Sacha avait reçu d'un coup deux colis de onze kilos chacun. Sacha était particulièrement fier du poids.

— Selon le règlement de la poste soviétique, les colis privés ne doivent pas dépasser dix kilos, mais… (et il faisait une pause) dans certains cas spéciaux on accepte jusqu'à onze kilos.

Nous ne comprenions rien alors au règlement de la poste, ce qui ne nous empêchait pas de pleinement partager la joie de Sacha. Plus le colis était gros, mieux c'était, ça on le comprenait.

L'éducatrice qui lui apporta les deux colis soufflait comme un bœuf et maudissait les parents aimants.

— Sacha, selon le règlement du foyer, je ne peux te donner à la fois que deux cents grammes de produits alimentaires. Vous recevez des repas équilibrés et il est très mauvais de trop manger. Je dois aussi vérifier que les produits sont de bonne qualité.

Elle n'aurait pas dû dire cela.

— Et pour vérifier vous allez vous servir d'un instrument spécial ou bien, ne m'en veuillez pas, procéder par dégustation ? Je ne vois pas d'appareil, que je sache, aussi je vous propose un arrangement : vous vérifiez la qualité d'une boîte de viande en conserve et d'une boîte d'ananas au sirop, le reste vous me le laissez et on n'en parle plus. C'est bon ?

— Comment as-tu pu penser une chose pareille ! Je n'ai pas besoin de ta viande en conserve. Choisis ce que tu veux et je remporte tes colis.

— Bien. Dans ce cas, je ne choisis rien. Vous remportez les colis. Demain, de nouveau vous apporterez les colis et de nouveau, je ne choisirai rien. Le règlement vous oblige à m'apporter les colis. Vous le ferez chaque jour, pendant plusieurs mois. Le temps que ma mère vienne me voir. Et c'est alors à elle que vous raconterez votre histoire sur le surcroît de nourriture et la qualité des produits. Je vous assure qu'elle en connaît un rayon sur la qualité des produits, elle travaille dans l'alimentation.

La perspective de parler avec la mère de Sacha n'est pas pour plaire à l'éducatrice.

Sacha est un garçon intelligent. Il comprend qu'il faut laisser une porte de sortie à l'adversaire.

— J'ai une idée ! dit-il. Vous allez simplement tout de suite vérifier les dates sur les boîtes et vous enlèverez tous les produits périmés. Mais quant aux deux cents grammes, ne vous en faites pas, je ne mangerai pas ces boîtes tout seul, ni en un seul soir.

L'éducatrice est contente de la tournure que prend l'affaire. Personne ne veut de conflit avec la maman de Sacha. De plus, elle sait que la maman de Sacha n'envoie pas n'importe quoi à son fils. L'éducatrice vérifie consciencieusement toutes les étiquettes. Il n'y a pas de produits périmés. Sacha garde ses colis mais, grand seigneur, propose la conserve de viande à l'éducatrice. L'éducatrice refuse. Alors, Sacha sort du colis une boîte d'ananas au sirop.

— Voyons, vous avez des enfants. C'est pour eux.

L'éducatrice hésite. Elle voudrait bien apporter des ananas aux enfants, mais elle est encore fâchée contre Sacha, contre la manière qu'il a de lui parler – à elle, un représentant du pouvoir et une adulte. "Pour les enfants, pour les enfants", répète Sacha qui la regarde droit dans les yeux. Soudain, l'éducatrice sourit, prend la boîte et sort. Ce n'est pas une mauvaise femme et elle comprend que Sacha ne lui en veut pas.

L'Union soviétique est le pays du déficit. Il y a déficit quand un produit manque sur le marché et qu'on ne peut l'acheter à quelque prix que ce soit. Les employés du foyer sollicitent souvent Sacha pour qu'il "se procure" un produit déficitaire. En général, Sacha refuse. Il ne veut pas jouer à ces jeux d'adultes. Il n'est ni méchant ni avare, il sait, tout simplement, que sa maman n'est pas en situation de fournir tout le monde. Une éducatrice lui demande de "se procurer" du sarrasin. Le sarrasin est un produit déficitaire. Le sarrasin est pour sa mère qui souffre de diabète. Elle ne mange rien ou plutôt presque tout lui est interdit, la bouillie de sarrasin est un des rares aliments qui lui soient autorisés. Sacha écrit à sa maman. Sa maman envoie le sarrasin.

L'éducatrice apporte le colis à Sacha. Dans le colis, il y a deux kilos de sarrasin. Elle regarde Sacha. Elle attend.

— Sarrasin, qualité supérieure, dit Sacha. Prix : quarante-huit kopecks le kilo. Il y en a ici deux kilos. Vous me devez quatre-vingt-seize kopecks.

— Très bien, Sacha, je vais inscrire dans mon cahier que tu as quatre-vingt-seize kopecks.

Le problème, c'est que le règlement interdit aux enfants d'avoir de l'argent liquide.

Les parents stupides confiaient l'argent à l'éducateur. Le pensionnaire pouvait s'adresser à l'éducateur et celui-ci, quand il était de service la fois suivante, lui apportait la commande. De cette façon, il était possible, par exemple, d'acheter des bonbons ou, disons, un crayon. Mais il n'était pas question de demander à l'éducateur d'acheter quelque produit interdit. En dehors du vin et des cigarettes, on interdisait les conserves de poisson, les œufs, les gâteaux à la crème et tous les plats cuisinés du commerce. Pas besoin d'expliquer que l'argent liquide était chez nous la chose la plus prisée.

— Non, dit Sacha. Je ne suis pas d'accord. Ce n'est pas du bizness. Vous avez déjà comme ça plus de cinquante roubles à moi. Et vous savez bien que vous ne me les donnerez pas, n'est-ce pas ?

— En effet. C'est interdit. Mais que ferais-tu de tout ce sarrasin cru ?

— Je le vendrai à *niania* Doussia. Les *niania* s'en fichent de votre règlement.

— Mais moi ce sarrasin, j'en ai besoin pour ma mère. Tu m'avais promis…

— Je n'ai rien contre votre maman. Je ne demande qu'à lui faire plaisir, qu'elle en mange, du sarrasin. Mais j'ai promis de vous le vendre, pas de vous le donner.

— Bien. Prends un rouble et le compte est bon.

— Non. Vous me devez quatre-vingt-seize kopecks exactement. Et je n'ai pas les quatre kopecks.

L'éducatrice entre dans le jeu. Elle va chercher la monnaie.

Affaire conclue.

Pour le petit-déjeuner, nous avons de la bouillie de sarrasin. Le sarrasin est une rareté au foyer. On nous en sert deux cuillers par assiette. Nous sommes contents. Seul Sacha ne l'est pas. Il se met à jurer, les veines de son cou gonflent, il jette un bref "les salauds !", saisit l'assiette avec sa portion de sarrasin et rampe vers la pièce où les *niania* prennent leurs repas.

Sacha a le torse d'un homme normal, les jambes tordues en un nœud inextricable, un bras paralysé. Il rampe vers le local des *niania*, ouvre la porte d'un coup de tête et lance l'assiette à l'intérieur de sa main valide.

Là sont attablés une *niania*, sa fille et son mari. Devant chacun d'eux, une pleine assiettée de sarrasin.

L'homme lève la tête. Il voit Sacha et entend ce qu'il dit. Comme quoi la *niania* ne se contente pas de se faire de la mauvaise graisse sur le compte du malheur d'autrui mais qu'en plus elle nourrit sa bouffie de fille et son maquereau de mari. Evidemment, Sacha n'exprime pas tout cela en ces termes, il utilise la langue russe normale, épicée de grossièretés bien senties. Je ne me risquerai pas à les reproduire. L'homme laisse tomber sa cuiller de bouillie et dit simplement : "Mania, j'ai à te parler." Sacha s'écarte du seuil pour les laisser passer. Ils sortent.

Mania revient avec un œil au beurre noir et un plein seau de bouillie. Il s'avère qu'au réfectoire il y en a en quantité, simplement elle n'avait pas envie de transporter un seau plein.

Sacha avait été accusé de fumer. Il n'était jamais à court d'argent et il aurait pu s'acheter des cigarettes même chères. Mais il ne fumait pas. Par principe.

Ce jour-là, ayant pour l'occasion fait provision de cigarettes, il rampa jusqu'à la salle des professeurs et se mit à fumer. Il fumait consciencieusement en aspirant bien la fumée. Les professeurs s'approchaient, regardaient l'insolent mais sans se décider à agir. La fumée des cigarettes avait fini par emplir le couloir et envahissait déjà la salle. Il fallut attendre jusqu'à l'arrivée du directeur.

Notre directeur était quelqu'un de bien.

Il s'accroupit devant Sacha.

— Eteins ta cigarette.

Sacha éteignit son mégot.

— Ce n'est pas trop tôt, dit-il, j'ai cru que je serais obligé de fumer tout le paquet.

— Qu'est-ce que tu fumes ?

— Des Kosmos. Une saleté évidemment, mais avec filtre quand même.

— Pourquoi fumais-tu à côté de la salle des professeurs ?

— Je vous attendais.

— Pourquoi ? Tu sais bien que fumer nuit à la santé. Même si les cigarettes ont des filtres.

— Je ne fume pas. Je ne suis pas idiot, je n'ai pas envie de m'empoisonner et de payer pour, en plus ! Simplement on m'a accusé de fumer. Ça m'est égal mais l'éducatrice est persuadée que j'essaie de la tromper. Si je décide de fumer, je le ferai ouvertement. Ma santé est mon affaire personnelle. En tout cas je ne permettrai pas qu'on me soupçonne d'être un hypocrite. Si elle a tellement envie que je fume, je fumerai carrément devant elle.

— Tu veux dire que tu t'es senti insulté par le manque de confiance et tu as décidé de protester carrément ici ?

— Oui.

— Bien, je lui parlerai. Il t'en reste, des cigarettes ?

— Deux paquets et demi.

— Tu me les laisses ?

— C'est qu'elles ne sont pas données, vous savez.

Le directeur sourit et sort l'argent de sa poche. Il prend les cigarettes, tend l'argent à Sacha et entre dans la salle des professeurs.

Dans ce foyer-là, le directeur était quelqu'un de très bien.

Les instituteurs qui travaillaient chez nous au foyer étaient de très bons maîtres. Des gens passionnés par leur métier. Bien sûr, leur vie était autrement plus facile que celle des *niania*. Ils n'avaient pas à s'occuper des soins. L'opinion d'un instituteur ne valait pas grand-chose pour moi, comparée à celle d'une *niania*. Mais tout de même, ils n'en restaient pas moins des personnes adultes utiles à la société alors que moi, j'étais un morceau de viande inutile. Sacha n'était pas de cet avis.

Un jour, nous vîmes arriver en classe un nouveau professeur de russe. Parmi les gens détachés chez nous par hasard, la sélection s'effectuait rapidement, une fois engagé le travail avec nous, et ce malgré les primes substantielles "pour travail à risque" s'ajoutant au salaire. Celle-ci était une "suppléante", c'est-à-dire une enseignante qui remplaçait temporairement sa collègue tombée malade.

Dictée. Tous les élèves sont assis à leurs pupitres. Sacha est couché par terre. Prenant appui sur son bras malade, il dessine laborieusement de l'autre main de grosses lettres maladroites. Son corps est parcouru de soubresauts, mais il s'applique.

— Pardon, dit-il, ne pourriez-vous pas dicter un peu plus lentement ?

— Je dicte à la vitesse prévue pour la cinquième.

Sacha sourit.

— Voyez-vous, si justement j'avais les bras d'un élève de cinquième, je ne vous aurais pas dérangée.

— Dans ce cas, il fallait suivre une classe de soutien.

Sacha ne s'offusque pas. Il pose son stylo et fouille dans son cartable à la recherche d'un livre.

— Qu'est-ce que tu es en train de faire ?

— Je vais lire. Je ne peux pas suivre et il est interdit de déranger les autres quand ils travaillent.

— Arrête ça, immédiatement.

— Vous allez dicter plus lentement ?

Sa patience est à bout. Ce garçon est grossier. Il aurait pu simplement demander encore une fois, dans sa situation ce n'est pas à lui de choisir. Il doit être puni. Elle écrit longuement dans le cahier de textes de la classe.

— Je vais convoquer tes parents.

— De Leningrad ? Maman ne viendra pas. Au mieux, elle téléphonera au directeur.

— Bien. Dans ce cas je ne te laisserai pas aller en étude préparer tes devoirs et demain tu auras zéro dans toutes les matières.

Ce jour-là, c'est elle qui est de garde le soir.

Elle va chercher les *niania.* Trois grosses bonnes femmes installent Sacha dans un fauteuil roulant et entreprennent de le conduire au dortoir.

— Pourquoi donc ne le faites-vous pas vous-même ! dit Sacha. Vous avez peur d'avoir une hernie ?

Puis, s'adressant aux *niania* :

— D'accord, les filles, vous êtes là pour obéir, allons-y !

Il agrippe la roue du fauteuil de sa main valide. Son corps est parcouru de soubresauts, il a très mal mais il est pratiquement impossible d'arracher sa main des rayons. Les *niania* n'ont plus qu'à traîner le fauteuil aux roues bloquées. Elles traitent bien fort l'autre de tous les noms, cependant elles continuent à tirer le fauteuil tout en injuriant Sacha mais sans méchanceté.

Quant à Sacha, il chante. Il chante la chanson de ce bateau russe qui ne se rend pas devant l'ennemi supérieur en nombre.

Devant l'ennemi, le fier Varègue ne baisse pas pavillon.
Personne à son bord ne demande pardon.

Elles le tirent jusqu'au bâtiment des dortoirs, le déchargent par terre. La prof est contente. Demain, Sacha n'aura que des zéros.

Le soir, après que tous les enfants ont dîné et que les employés du foyer sont partis manger, Sacha se traîne dehors et rampe jusqu'au bâtiment de l'école.

C'est l'hiver. Il neige. Il fait noir.

L'école n'est pas loin, à trois cents mètres. Sa main valide déblaie la neige sous lui puis, avec précaution, il avance un peu plus loin sa main malade. Le pire est que la neige n'est pas épaisse et que la main malade glisse tout le temps sur l'asphalte verglacé, il n'arrive pas à ramper rapidement.

Il est vêtu comme nous tous, les invalides, d'un pantalon de survêtement et d'une chemise. La chemise est déboutonnée. Ce n'est pas pour crâner, simplement la chemise glisse sans cesse sur une épaule et les boutons sautent.

Il s'introduit dans le bâtiment de l'école, rampe jusqu'à sa classe et parcourt les devoirs pour le lendemain.

Les *niania* découvrent l'absence de l'enfant, suivent sa trace, appellent le professeur.

— Vas-y toi-même, débrouille-toi avec lui.

Elle entre dans la classe, fixe Sacha.

— Que fais-tu ici ?

— J'use de mon droit constitutionnel à faire mes devoirs.

— Mais pourquoi as-tu rampé dans la neige ?

— Je n'avais pas le choix. Je devais vous prouver qu'il est impossible de me faire plier par la force brute. D'ailleurs, vous devriez donner des ordres pour me ramener, je ne ferai pas le retour en rampant.

La prof sort en courant. On nous raconte le lendemain qu'elle a eu une crise de nerfs, qu'elle a longuement pleuré, mais nous n'y croyons pas. Nous ne croyons pas que les enseignants soient capables de pleurer pour si peu.

Quelques années plus tard, j'arrive chez Sacha en visite.

— Maman, apporte la vodka, nous allons boire un peu, Ruben et moi.

— Mais tu n'as même pas bu pour le Nouvel An.

— Le Nouvel An c'est tous les ans, tandis que Ruben, lui, ça fait six ans que je ne l'ai pas vu.

Nous buvons de la vodka, nous causons. Et je pose la question qui m'importe le plus :

— Sacha, es-tu content d'avoir été au foyer ?

— Non. En en sortant j'étais devenu quelqu'un de différent. Il aurait mieux valu que ça n'ait pas existé.

— Mais au foyer tu avais des amis, tu as fait ma connaissance.

Sacha réfléchit.

— Pardonne-moi, Ruben. Tu es un bon gars, tu es mon ami et je suis content d'avoir fait ta connaissance. Mais j'aurais tout de même préféré que le foyer n'ait jamais existé.

NEW YORK

Pour la énième fois, le professeur principal nous fait un cours d'instruction politique. Comme d'habitude elle nous raconte les horreurs du mode de vie occidental. Nous y sommes habitués et rien ne nous étonne. Je suis absolument convaincu que la majorité des Américains vit dans la rue, dans des caisses en carton, qu'absolument tous les Américains construisent des abris antiatomiques, que le pays est, pour la énième fois, plongé dans la crise.

Aujourd'hui, elle parle de New York en s'appuyant sur un article du *New York Times* à propos d'une distribution gratuite de fromage aux chômeurs. Plusieurs tonnes de fromage, cent grammes par personne. La prof insiste tout particulièrement sur le fait que ces pauvres gens ne recevront rien de tout le mois suivant.

Je demande si, dans ce cas, ils ne vont pas tous mourir de faim.

— Si, bien sûr, répond-elle. Mais des foules de nouveaux ouvriers licenciés viendront les remplacer.

J'y crois.

Nous sommes seuls dans la classe – le professeur d'histoire et moi. Il écrit dans le cahier de textes de la classe, moi je lis. Il est assis à son bureau – je suis allongé par terre non loin de lui.

— Vous êtes très occupé ?

— C'est pourquoi ?

Il lève la tête de son cahier. Le professeur a des yeux très bons et intelligents, des cheveux un peu poivre et sel. Au revers de sa veste – un insigne.

— Je voulais vous poser une question.

— Vas-y.

— On nous a dit au cours de politique que dans les pays capitalistes les gens vivent dans une profonde misère, à la limite de la famine. Je me suis livré à quelques calculs de mon côté et tout concorde. Il y a des milliardaires en Amérique, mais il y en a peu. C'est bien cela ?

— Tout à fait.

— Il y a aussi des millionnaires, il y en a peu, mais tout de même, il y en a beaucoup plus que de milliardaires. Il y a certainement beaucoup plus de gens à revenus moyens (boutiquiers, coiffeurs) que de millionnaires, plus d'ouvriers que de boutiquiers et beaucoup plus de chômeurs que d'ouvriers. C'est cela ?

— Oui. Ce n'est pas étonnant, les gens vivent très mal là-bas.

— D'accord ? Alors en moyenne, dans les rues de New York, il doit y avoir chaque jour plusieurs centaines de chômeurs qui meurent puisqu'ils n'ont rien à manger. Et cela, sans compter les ouvriers qui eux aussi sont déjà morts de faim. New York est tout bonnement jonché de cadavres ! Quelqu'un doit tout le temps les ramasser. Je ne comprends pas ces Américains. Marcher dans la rue au milieu de morts et de gens mourant de faim. Pourquoi n'ont-ils toujours pas jusqu'ici renversé leurs propriétaires terriens et leurs capitalistes ?

Le professeur se met debout derrière son bureau, vient vers moi, s'accroupit. Il me regarde bizarrement et sourit. Il rit presque de mon grave problème. Il doit être tout simplement de très bonne humeur aujourd'hui.

— Quel âge as-tu ?

— Dix ans, vous le savez bien.

— Je sais, je sais, dit-il, franchement hilare maintenant. N'est-il pas un peu trop tôt pour toi pour penser à de telles choses ?

Je ne dis rien.

— Ne te fâche pas. C'est juste que c'est encore un peu trop compliqué pour toi.

Le professeur se lève, prend le cahier de textes sur le bureau et se dirige vers la sortie. Avant d'atteindre la porte, il se retourne et me regarde comme s'il me voyait pour la première fois. Il est sérieux maintenant et son regard est sévère.

— Tu n'en parles à personne, tu m'entends ? Pas un mot à ce sujet à qui que ce soit. Tu es déjà un grand garçon, tu dois être capable de comprendre.

Le lendemain il vient me voir, se penche, pose devant moi un beau gros livre.

— Lis ça. C'est un roman historique sérieux. Je sais qu'il va te plaire.

LA BOULETTE

J'obéissais à mes aînés, j'obéissais toujours à mes aînés. A la fin de chaque année scolaire on me remettait solennellement un diplôme d'honneur "pour études excellentes et conduite exemplaire". J'étais en effet un excellent élève, et le terme "conduite exemplaire" signifiait que je ne contredisais jamais les professeurs. Rien n'était plus facile que de communiquer avec les professeurs – ils racontaient toujours des inepties monumentales. Pendant des heures ils parlaient de choses parfaitement inutiles et superflues. Et ils exigeaient de nous que nous récitions tout ça au cours suivant. J'avais une bonne mémoire et réciter la leçon ne me posait aucun problème. Les professeurs pensaient que je me donnais beaucoup de mal. Quelles gens étranges. J'aimais l'école, tout y était sans conséquence. Nous recevions des livres avec de belles images et des cahiers à lignes et à carreaux. C'était tellement un jeu – l'école. J'y jouais volontiers.

Mais il fallait obéir à tous les grands. Le plus difficile était d'obéir aux *niania*. Ce qui était écrit dans les livres intelligents ornés de belles images ne les intéressait pas. Une poésie de Pouchkine apprise par cœur ou une formule mathématique ne changeait rien à rien. Elles n'exigeaient qu'une seule chose de moi – que je demande leur aide le moins souvent possible. Dès l'âge de cinq ans environ, elles me disaient que j'étais très lourd parce que je mangeais beaucoup. "Il bouffe, il bouffe et nous, on doit le porter. Si ce n'est pas honteux. Les nègres l'ont mis au monde et maintenant c'est à nous de le porter durant la vie entière. Forcément, nous les Russes, on est des pauvres idiotes, trop bonnes, alors on supporte tout, on en prend soin. Tandis que les parents, eux, pas si bêtes, sont repartis dans leur Afrique." Et comme ça, de jour en jour, je les entendais interminablement parler de leur bonté, de leur pitié et de mes parents à peau noire. C'est assez risible, mais j'ai eu à subir ce même discours dans toutes les institutions d'Union soviétique, foyers, hôpitaux, asiles de vieux. Comme si elles avaient toutes appris le même texte par cœur, un texte mystérieux qu'elles répétaient comme une leçon, comme une incantation.

Je faisais tous les efforts possibles. Mais tout ce que je pouvais, c'était moins manger et moins boire. Or je ne savais pas comment vivre sans rien manger du tout. Je n'avais personne à qui demander. Demander aux professeurs – ça n'avait pas de sens ! C'étaient des personnages irréels, ils n'étaient pas obligés de vider nos pots de chambre. Les *niania* m'avaient expliqué que le travail des professeurs était beaucoup plus facile et leurs salaires plus élevés. D'après les *niania*, les enseignants étaient payés à ne rien faire. J'étais tout à fait d'accord avec elles. Il est facile de raconter des contes sortis de jolis livres, plus difficile d'emporter les pots de chambre. Je comprenais très bien ça.

Pourtant, il arrivait aussi que les enseignants soient parfois aussi utiles à quelque chose. Les gentilles profs m'apportaient de chez elles des livres et des revues. Dans une revue féminine, je lus quelque chose sur les régimes. Pour ne pas grossir, il fallait exclure de son repas viande et féculents. Je ne mangeais plus ni pain ni macaronis. On ne nous gâtait pas souvent en nous servant de la viande, mais parfois il arrivait qu'on nous donne des boulettes. Me priver de boulettes fut difficile mais j'y parvins. C'est un bon livre sur les espions qui m'y aida. J'y avais lu qu'un homme véritable doit mettre chaque jour à l'épreuve sa force de caractère. Je m'entraînais donc. Au début, j'avais vraiment faim et puis je m'habituai. Lorsqu'on nous apportait les repas, je triais automatiquement ce qui m'était permis et je le mangeais si j'y arrivais. Le plus souvent, je devais me contenter de la compote et des quelques cuillerées de bouillie. Mon humeur s'améliora. Maintenant, je faisais tout comme il fallait. Le problème, c'est que j'avais à longueur de temps envie de dormir et à l'école, pendant la troisième heure, j'étais déjà dans le brouillard, la tête me tournait. Plusieurs fois, je perdis connaissance en plein cours.

Ce jour-là, j'eus mal au ventre et n'eus pas le temps de ramper jusqu'aux toilettes. La *niania* m'y porta, me posa par terre et commença à me faire la leçon. Elle criait après moi, me disait combien j'étais méchant, elle répétait la phrase sur la "salope de négresse", hurlait qu'elles n'arrêtaient pas de s'occuper de moi et quel ingrat j'étais. Je ne disais rien. Dire quoi que ce soit était inutile. Ce n'était pas la première fois qu'une telle chose m'arrivait. Pleurer et demander pardon ne servaient à rien, tout ce que je pouvais dire se brisait contre l'unique évidence – mon pantalon souillé. Elle criait de plus en plus fort, se penchait sur moi, secouait ses joues flasques et me couvrait de postillons. Je ne pipais pas. Que pouvais-je dire ? Effectivement, elle avait raison. J'étais trop gros et je ne pensais qu'à manger. A dix ans, je pesais déjà presque dix-sept kilos. Je n'avais aucune excuse. Je me haïssais pour ma faiblesse. Deux jours avant, j'avais mangé une boulette. Je ne voulais pas, je ne voulais vraiment pas la manger. Je m'étais dit que je la reniflerais seulement mais je mordis dedans un tout petit peu. Et je la mangeai, sans même m'en rendre compte.

Je me taisais. Alors, elle prit ma tête dans ses deux mains grasses et commença à la fourrer dans mon pantalon souillé.

— Il se tait, il ne sait que se taire. Pourrait dire quelque chose au moins. Demande pardon, promets que tu ne recommenceras pas. Mais dis quelque chose.

Elle enfonçait mon nez dans la merde et répétait, à voix basse cette fois : "Parle, parle, parle." Que pouvais-je dire ? Je comprenais parfaitement que ce qu'elle attendait de moi, ce n'était pas du tout des mots, tous les mots je les avais déjà essayés. Les *niania* ne voulaient véritablement qu'une seule chose : que j'apprenne à aller tout seul aux toilettes. Je ne pouvais pas le lui promettre et c'est bien pour ça que je me taisais.

— Parle, parle, parle. Tu vas parler à la fin ? répétait-elle d'une voix monotone. Parle, parle.

Comme dans le film de guerre où l'officier allemand interroge le valeureux espion russe. L'officier allemand. L'Allemand.

Soudain une phrase m'échappe, une phrase toute simple, en allemand : *"Russisch Schwein."*

— *Du bist russisch Schwein*, crié-je avec l'impertinence du désespoir. *Du bist russisch Schwein. Russisch Schwein. Russisch Schwein.* Ils ont bien fait, les Allemands, de fusiller tes parents. Toi aussi, on devrait te fusiller.

Ce sont des mots, rien que des mots. Mais ça marche. La femme hésite.

Enfant, elle a vécu l'occupation allemande et la famine de l'après-guerre. Je sais que je frappe là où ça fait mal.

Je suis habitué à mon infirmité. Parfois seulement, un instant, l'irrésistible envie de me dresser sur mes jambes me submerge. Ce désir, en règle générale, me vient à l'improviste, il vient du fin fond de mes tripes. Ce jour-là, j'eus fort, très fort l'envie de prendre un couteau bien pointu dans ma main droite et d'enfoncer sa lame dans le gras de son ventre. De frapper encore et encore. De la fendre toute, de me venger.

Je me mis à pleurer. Je pleurais et je criais. Je criais à la gueule de cette stupide femelle des choses immondes et injustes. Je hurlais de grossières injures en essayant de lui faire le plus mal possible.

Une institutrice passait dans le couloir. En entendant mes cris, elle entra, me vit étendu sur le sol en ciment, nu, couvert de merde et de larmes. Elle comprit tout, fit un scandale. De gentilles grandes personnes me lavèrent, me mirent au lit. Une infirmière vint avec une seringue.

— Calme-toi, petit, tout ira bien. Tout de suite, je fais te faire une petite piqûre et tu vas t'endormir.

— Tire-toi, salope, sale pute. Tu es russe. Je te hais. Je hais tous les Russes. Vous êtes tous des nazis, des salauds. Une petite piqûre ? Vas-y, fais-m'en une, mais pas n'importe laquelle, une vraie, pour mourir une bonne fois. Je suis un sale nègre, vous, vous êtes des Russes. Alors, tuez-moi au lieu de me torturer. Mais pour moi, vous économisez même sur le poison. Vous êtes pires que les nazis. Les nazis tuaient tous les infirmes alors que vous, vous vous moquez de nous.

On me fait la piqûre. Je hurle, je n'arrête pas. Je dis tout, et le régime, et que je suis gros. Je promets de ne plus jamais rien manger. L'institutrice et l'infirmière m'écoutent sans comprendre. Elles essaient de me calmer.

La piqûre fit son effet. Je m'endormis très vite et ne me réveillai que l'après-midi du lendemain. Je me sentais bien, j'avais l'âme en paix.

Pour le déjeuner, on nous a donné une boulette de viande. Je décide de tout manger. Je mange la boulette, je finis le bortsch et le pain. Et tant pis si je deviens gros. Tant pis. Maintenant ça m'est égal.

L'ALLEMAND

Il entra dans la classe à petits pas rapides, tira sa chaise, s'assit. Sans nous regarder, il se mit à réciter des vers à haute et intelligible voix. Il récita longtemps. Il se leva et fit des yeux le tour de la classe.

— C'est du Goethe. Je viens de réciter en allemand. Vous aussi peut-être, un jour vous pourrez lire Goethe dans le texte. Je suis votre nouveau professeur de langue étrangère.

Il retourna à son bureau, ouvrit le manuel.

— Avant tout, je veux présenter mes excuses à Ruben. Ruben, je suis désolé de ne pas pouvoir t'apprendre l'espagnol. Je ne connais pas l'espagnol. Apprends l'allemand en attendant. Si tu sais l'allemand, tu seras capable d'apprendre n'importe quelle autre langue, souviens-toi de cela.

Je m'en suis souvenu.

Un étrange professeur, très étrange. Il se laissait parfois entraîner au beau milieu d'un cours et récitait longuement des poèmes. Il nous parlait de l'Allemagne, il racontait de façon vivante et exaltée. Il rayonnait de bonheur lorsque l'équipe allemande gagnait un match. Il considérait comme meilleur tout ce qui était allemand. Un vrai professeur, dérangé, fanatique.

Un cours d'allemand. Le cours bat son plein, nous discutons avec le professeur. Le thème de la discussion est toujours le même : la supériorité de l'Allemagne. Nous pouvons discuter de tout au monde en classe, sauf de la défaite de l'Allemagne dans la Seconde Guerre mondiale. Dès qu'on évoque la guerre, le professeur se tait, commence à nettoyer ses lunettes avec application, propose d'une voix blanche d'ouvrir les manuels à la page indiquée et de répéter à voix haute les listes interminables de verbes allemands.

Ses yeux brillent, ses joues sont en feu. Il lance avec défi en pâture à la classe des noms de compositeurs, de philosophes, de poètes. Il crie presque lorsqu'il parle de la supériorité des constructeurs de navires allemands. Il est heureux, satisfait. Il n'y a rien à répliquer. Nous passons à l'agriculture. Nous écoutons avec admiration des histoires de quintaux, d'hectares, de volume de production et de moissons fantastiques.

Tout est gâché par une timide question posée à voix basse.

— Et les dattes ?

— Quelles dattes ?

— Des dattes, on en cultive en Allemagne ?

Il est tout penaud, il a perdu sa belle humeur. Nous récitons à voix haute les interminables listes de verbes allemands.

Il s'est approché de moi, s'est accroupi. Il tient dans sa main un petit sachet de dattes.

— Tu en veux ?

— Merci.

Nous mangeons les dattes, en silence. Voilà, il n'y en a plus. Il se relève lourdement, secoue son pantalon, soupire.

— C'est vrai que les dattes ne poussent pas en Allemagne. C'est vrai. Elles n'y poussent pas du tout.

LA MUSIQUE

Ce n'était pas notre musique, c'était de la musique étrangère. Elle était enregistrée sur des radiographies. Les enfants rapportaient des radios vierges de leurs fréquentes visites dans les hôpitaux, les échangeaient contre des enregistrements. Deux vides contre une pleine. Du bizness.

Les innocentes rengaines occidentales plongeaient dans l'effroi les éducateurs.

— Vous savez de quoi ils parlent dans leurs chansons ?

Nous ne savions pas. On nous confisquait les disques, la conduite des contrevenants était examinée en conseil de discipline, la lutte contre l'influence capitaliste battait son plein. Une lutte dénuée de sens.

Les garçons se mirent à porter les cheveux longs. On reçut des instructions de Moscou concernant la lutte contre "la plaie". Les cheveux des élèves ne devaient pas descendre plus bas que la moitié de l'oreille. On mesurait les oreilles à l'aide d'une règle et, à vue d'œil, on estimait où se trouvait la moitié de l'oreille. La lutte pour obtenir une coupe un peu plus chic que le copain n'avait pas de cesse.

Moi, je m'en fiche de ces histoires de longueur de cheveux. Parce que je ne marche pas, on me rase toujours la boule à zéro.

En revanche, j'ai très envie de savoir de quoi parlent les chanteurs sur les disques. Je veux apprendre leur langue.

LA LETTRE

C'était un mauvais foyer, très mauvais. Mauvaise nourriture, méchants adultes. Tout était mauvais. Il en est des foyers comme des prisons, il y a de tout. Celui-ci était particulièrement mauvais. Le plus dur c'était le froid – le foyer n'était pas chauffé. En hiver, c'était particulièrement difficile. L'encre gelait dans les stylos. Il faisait froid dans les salles de classe, froid dans les dortoirs, froid partout où je rampais. Dans les autres foyers, il ne faisait froid que dans le couloir, ici, c'était partout ; dans les autres orphelinats, même dans le couloir on pouvait se réfugier près d'un radiateur, ici, les radiateurs n'étaient que de vains morceaux de métal glacial. Très mauvaise maison, très mauvaise.

On venait d'apporter un nouveau. Paralysie cérébrale. Un gars très grand, très fort, secoué de soubresauts. C'est rare, ce genre de fortes convulsions permanentes. On le prit sous les bras, on nous l'apporta dans le dortoir, on l'assit sur un lit.

Visage grimaçant, discours indéchiffrable, enfin, presque. Moi, je comprenais tout. Il n'était pas très intelligent, mais ce n'était pas un débile complet, comme presque tous le pensaient, des éducateurs jusqu'à ses camarades. Il restait assis sur son lit et répétait continuellement le même bruit étrange, comme une incantation, presque un roucoulement : "Fft rrrlll, ft rrrlll." Des mots sans voyelles, en russe ça n'existe pas. Je le savais et je discernais les voyelles sur ses lèvres, ou plutôt d'après le mouvement des muscles de son visage. Ce garçon n'était pas fou. Nuit et jour il répétait ce simple mot : "fauteuil roulant". On ne pouvait pas dire non plus qu'il était normal. Il n'avait encore rien compris. Rien à rien. Il n'y avait rien à bouffer dans ce foyer et il voulait un fauteuil roulant ?

Les enfants avaient le droit de correspondre avec leurs parents. Chaque semaine l'éducatrice insistait obstinément pour que les enfants écrivent des lettres. Chaque semaine, les enfants refusaient obstinément d'écrire à la maison. Stupides enfants. Alors qu'on leur donnait une enveloppe gratuite et une feuille de papier propre.

Dans les petites classes, presque tous écrivaient. Les feuillets couverts de lettres maladroites étaient remis à l'éducatrice, l'éducatrice corrigeait les fautes d'orthographe, mettait la feuille sous enveloppe et envoyait la lettre. Tout le monde savait exactement ce qu'il fallait écrire dans ces lettres. Tous parlaient des notes à l'école, des adultes attentionnés et de la bonne ambiance en classe. A chaque fête, les enfants recevaient de jolies cartes postales, tous la même, pour envoyer leurs vœux aux parents. Ce qui plaisait le plus aux adultes, c'étaient les cartes postales. Sur chacune il fallait tirer des lignes au crayon puis écrire le texte des bons vœux au brouillon. L'éducatrice en corrigeait les fautes. Alors on pouvait recopier le texte au crayon et, s'il n'y avait pas de fautes, repasser dessus à l'encre et en couleurs. Tous savaient aussi ce qu'il était interdit d'écrire. Il était interdit de parler de tout ce qui allait mal, de la nourriture par exemple. Tout particulièrement de la nourriture. Mais voilà, les naïfs parents, dans leurs lettres, posaient justement toujours des questions sur la nourriture. C'est pourquoi toutes les lettres commençaient généralement par les mots standard : "Bonjour maman, la nourriture est bonne." Les enfants étaient félicités quand ils avaient écrit la lettre qu'il fallait, sinon ils étaient grondés. Les lettres particulièrement malvenues étaient lues à voix haute devant toute la classe.

Les élèves de terminale n'écrivaient pas de lettres. Les parents savaient de toute façon ce qu'était un foyer. A quoi bon leur donner du souci une fois de plus ? Et si quelqu'un avait à écrire, il pouvait toujours s'acheter une enveloppe lui-même, ce n'était qu'une question d'argent. Seuls les bêtas donnaient leur lettre à l'éducatrice. Tout le monde savait que, selon les instructions, elle devait emporter la lettre avec elle, la lire et seulement alors décider de l'envoyer ou non. N'importe quel adulte pouvait mettre une lettre dans la boîte. Le plus souvent, les enfants demandaient ce petit service à une *niania.* Un garçon s'était même arrangé avec les livreurs de pain. Chaque jour le pain était livré au foyer. Il s'approchait du chauffeur et lui chuchotait : "S'il vous plaît, mettez cette lettre à la boîte." Le chauffeur regardait autour de lui, prenait la lettre sans mot dire et remontait dans la camionnette. Les lettres de ce garçon étaient expédiées le jour même, les parents avaient vérifié sur le tampon. Ce garçon nous assurait avec fierté que tous les chauffeurs étaient des gens bien. Son papa était chauffeur.

L'éducatrice croyait peut-être vraiment que les élèves de terminale n'écrivaient pas de lettres, peut-être soupçonnait-elle quelque chose, en tout cas, elle continuait une fois par semaine à insister avec obstination pour convaincre tout le monde d'écrire. Elle parlait, tous se taisaient. C'était la règle. Parfois elle s'attaquait à quelqu'un en particulier et le gamin n'avait plus qu'à faire semblant d'être d'accord. Il écrivait très vite sur la feuille : "La bouillie d'orge me fait bander" ou quelque chose de ce genre et il collait l'enveloppe avec de la colle forte pour maquette d'avion. Aucune de ces lettres n'était jamais arrivée, ce n'était d'ailleurs pas le but recherché. En revanche, la fois suivante on lui fichait la paix.

Le nouveau passait tout son temps assis sur son lit à crier, à pleurer… Au départ, les *niania* s'étaient plutôt bien comportées avec lui, le matin elles l'avaient soulevé de son lit et posé par terre, elles lui avaient demandé dans quelle position le mettre pour qu'il puisse ramper. L'infirme était resté couché sur le dos, ruant des quatre fers et beuglant des mots incompréhensibles. Quand on l'avait retourné sur le ventre, il s'était mis à crier encore plus fort. Les *niania* l'avaient rassis sur le lit et s'en étaient allées. Que pouvaient-elles faire d'autre ?

Il beuglait, criait et pleurait. Nuit et jour. D'abord les garçons eurent l'idée de le tabasser pour qu'il la boucle, mais ils ne le firent pas. On ne frappait pas les débiles chez nous. Ils demandèrent juste à la direction de le transférer dans un autre dortoir. Personne ne voulait dormir à côté de quelqu'un qui poussait de tels cris la nuit. Pendant que les grandes personnes tergiversaient pour savoir où placer ce malheureux, les garçons essayèrent de distraire le pauvre idiot. Ils lui apportèrent des ballons gonflables, des jouets – rien n'y fit. Les garçons ne perdaient pas espoir. Il devait bien y avoir quelque chose qui lui plaise. Quelqu'un lui tendit un cahier à carreaux, un gros cahier. Le pauvre idiot eut l'air content, hocha la tête. Il attrapa le cahier, se calma et dit soudain très distinctement : "Donne." Cette performance inattendue amusa tout le monde. On lui demanda de répéter encore et encore le mot "donne". Il répétait et souriait. Le mot "donne" lui réussissait bien. Il pouvait prononcer clairement et presque sans hésitation les mots "maman", "papa", "donne", "oui" et "non". Le "non" lui donnait du mal. D'abord venait un *n* presque inaudible suivi d'un silence, et puis le reste traînait en longueur : "oooooon". Mais c'était assez pour qu'on le comprenne. Il réclama un stylo. On le lui donna puis, sans même lui demander, on apporta une table qu'on approcha de son lit et on posa le stylo sur la table. Il se figea pendant un instant, saisit le stylo de la main droite avec une agilité étonnante, se coucha sur la table avec l'air de savoir ce qu'il faisait, coinça le cahier sous lui, l'ouvrit d'un coup de menton et appuya le stylo sur la page blanche. Il se redressa. Ses bras déployés faisaient des moulinets insensés, ses pieds battaient la mesure à contretemps. Il riait et les garçons riaient avec lui.

La vie du nouveau avait changé. La nuit, il dormait d'un sommeil profond. Dès le matin, les *niania* lui fourraient le stylo dans la main et posaient un cahier devant lui. Il passait toute la journée sur son lit, tantôt s'affalant sur le cahier de tout son corps, essayant sans relâche d'appuyer sur la page blanche, tantôt se redressant pour admirer ses dessins et riant de joie. Pendant deux semaines, les gars du dortoir dormirent paisiblement. Pendant deux semaines, le pauvre idiot traça avec application dans son cahier d'étranges gribouillis, de complexes arabesques, des formes et des signes qu'il était le seul à voir. Quand il ne resta plus la moindre place vierge dans le cahier, il se mit à crier de nouveau. Les cahiers étaient rares au foyer, surtout les cahiers à carreaux. Mais le pauvre idiot voulait dessiner et les gars voulaient dormir la nuit. Ils lui achetèrent un nouveau cahier, pourvu donc qu'il dessine. Il ne regarda même pas le cahier vierge. Il jeta le stylo par terre, posa le cahier à côté de lui sur le lit, jouet froissé et inutile, et cria.

Maintenant, tout le monde comprenait ce qu'il criait. Il criait "maman". Et il criait très fort. Les gars s'étaient déjà un peu familiarisés avec sa façon de parler. Tous tentèrent de lui faire dire ce qu'il voulait de plus, ils essayaient de le persuader de cesser de crier, promettaient de lui apporter encore beaucoup de cahiers – c'était peine perdue. Ils lui énuméraient des mots l'un après l'autre, mais il disait "non" à tous. Alors, ils se mirent à lui énumérer des lettres. Ils récitaient simplement l'alphabet. Si la lettre lui plaisait, il disait "oui". C'est ainsi que fut composé le mot "lettre". Tout était clair. Il voulait qu'on envoie ses dessins à sa mère. On appela l'éducatrice. Elle regarda longuement le cahier. Les pages froissées étaient couvertes de signes bizarres. Tantôt les signes étaient séparés les uns des autres, parfois ils s'accumulaient en un amas indéchiffrable de gribouillages entrecroisés. Il y avait des pages entières couvertes de cercles. Les cercles étaient de tailles différentes, pas toujours fermés, il fallait faire un grand effort pour y voir des *o*. Mais qui se mettrait à dessiner la lettre *o* sur deux pages de suite ?

L'éducatrice refusa d'envoyer le cahier aux parents. C'est une lettre, dit-elle, et je dois en connaître le contenu. On s'acheminait clairement vers un scandale. Quel contenu pouvait-on trouver dans ces griffonnages maladroits ? L'éducatrice à cheval sur les questions de règlement allait rentrer chez elle après son service, passerait une bonne nuit, alors que les gars seraient de nouveau privés de sommeil par les cris du pauvre idiot ? On somma l'éducatrice de trouver au plus vite une issue à cette situation déplaisante. Elle s'approcha du nouveau :

— C'est une lettre ?

— Non.

— Ce sont tes dessins ?

— Oui.

— Tu veux que je les envoie à ta maman ?

— Oui.

— Peut-être que nous pourrions ne pas lui envoyer tout le cahier ? Veux-tu que nous choisissions les plus beaux pour les envoyer ?

— Non. Non.

Il prononça deux fois "non", un mot qui lui donnait beaucoup de mal. Ensuite il se mit à crier. Il criait "maman", tapait des pieds et essayait de dire "non" une fois de plus. Il n'y arrivait plus.

— Très bien, très bien. J'ai tout compris. Ta maman aime beaucoup quand tu dessines. Je lui enverrai tous tes dessins. J'écrirai une lettre à ta maman. Je lui dirai que tu te plais chez nous, que tu as beaucoup d'amis et que tu aimes beaucoup dessiner. Tu es bien chez nous, n'est-ce pas ?

— Oui.

Ainsi se termina leur petite conversation. L'éducatrice envoya le cahier aux parents du nouveau. Le nouveau se calma. La nuit, il dormait, le jour, il restait assis sur son lit, fixant un point sur le mur.

Un mois plus tard il y eut une livraison de fauteuils roulants au foyer. Il y avait beaucoup de fauteuils roulants, il y en eut pour tout le monde. Le nouveau en reçut un aussi. Les *niania* le prirent sous les bras et il se leva. Elles le menèrent jusqu'au fauteuil et l'y installèrent. Elles voulurent placer ses pieds sur le marchepied, il refusa. On supprima le marchepied. Prenant appui sur le sol avec ses pieds, il se mit en route. Il se mit à rouler le long du corridor en remuant rapidement les jambes, qu'il avait fortes.

Au conseil de classe suivant, l'éducatrice réprimanda le nouveau. Elle émit les inepties habituelles en pareil cas. Comment le pays s'échinait à nous donner son dernier morceau de pain et à quel point il était ingrat. Elle voulait prouver qu'elle avait traité le nouveau en être humain, qu'elle avait envoyé le cahier à ses parents alors que, dans le cahier, il s'était avéré qu'il avait sali tout le collectif du foyer, qu'il avait fait de la vie ici un tableau des plus noirs, qu'il avait diffamé et traîné dans la boue les membres du conseil de classe et tout le personnel. Elle parlait, parlait. Le nouveau n'écoutait pas. Quand elle arriva au chapitre, habituel en pareil cas, des accusations d'insensibilité et d'indifférence, il repoussa son pupitre du pied et se propulsa dans le couloir.

On ne lui permettait plus d'écrire de lettres. Il ne le demandait d'ailleurs pas. Après la classe, il se baladait dans le couloir et jouait pendant des heures avec un ballon gonflable. Au déjeuner, il demandait régulièrement du rabiot. Il fallait le nourrir à la cuiller et les *niania* ne voulaient pas faire l'effort de lui donner une portion supplémentaire. On tenta de le lui faire comprendre, en vain. Dans son fauteuil, il poursuivait la *niania* jusqu'à ce qu'elle cédât. Les *niania* essayaient de fuir son insistance dans leur salle de repos. Il se postait devant leur porte et hurlait. Quand elles en avaient assez, elles sortaient de la pièce et lui donnaient une autre assiette de soupe ou de bouillie. Peu à peu, elles s'étaient toutes habituées à lui et lui servaient toujours double portion à chaque repas pour se débarrasser de cet invalide lancinant.

Lorsque nous restions seuls, je bavardais avec lui. En prononçant lentement chaque mot, il arrivait au bout de sa phrase et me regardait avec anxiété, l'air interrogateur. Je répétais ses mots. Peu à peu, il me fit confiance et je ne devais plus répéter ce qu'il avait dit. Nous parlions tout simplement. Je lui demandai ce qu'il y avait au juste dans cette lettre.

— Ruben, j'avais bien réfléchi.

— Je sais, tu as bien réfléchi et tu as écrit une lettre qui était très bien. Qu'as-tu écrit ?

— "MAMAN LA NOURRITURE EST PAS BONNE ET ON NE ME DONNE PAS DE FAUTEUIL ROULANT."

Toute la première page de la première lettre de sa vie était remplie de *m.* Majuscules et minuscules. Il espérait que, sur toute la page, l'un d'entre eux au moins serait compréhensible. Parfois, il lui en fallait plusieurs pour une seule lettre. Le cahier qui en avait quatre-vingt-seize y était passé en entier.

— Les cinq premières lettres étaient superflues, essayai-je d'avancer.

— J'y avais longtemps réfléchi.

— Peut-être, mais les cinq premières lettres étaient quand même de trop. Tu risquais de ne pas avoir assez de place dans le cahier.

Il resta songeur. Ensuite, avec un large sourire, il prononça lentement et très distinctement : "Maman."

LES PETITS PÂTÉS

Un foyer est une maison pour enfants. On prépare les enfants à leur vie future, leur vie d'adultes. Là, on leur dispense un minimum de connaissances générales mais on leur enseigne aussi les bases de survie dans le monde complexe qui commence au-delà des portes de l'école. Les garçons apprennent à se débrouiller avec les fils électriques ou la scie à chantourner, à monter et à réparer des meubles ; les filles, à coudre, tricoter, faire la cuisine. Ce n'est pas si simple d'apprendre à un petit garçon privé de bras à changer une prise électrique, il paraît quasiment impossible d'enseigner le tricot à une fillette qui n'a qu'un bras. C'est difficile. Vraiment difficile. Nos éducateurs arrivaient à faire des choses dont les parents des enfants handicapés n'osaient même pas rêver.

Je suis allongé par terre dans la classe. Une fille arrive avec un plateau dans les mains. A la place d'une jambe elle a une prothèse mais, selon nos critères d'ici, elle est pratiquement normale. Sur le plateau, il y a des petits pâtés fourrés. Chauds, dorés.

— Mais où sont donc les garçons ? Les filles et moi, dit-elle, on a fait cuire plein de petits pâtés et ils avaient promis de venir chez nous, à la cuisine, pour les goûter.

— Au cinéma.

— Au cinéma ?

— On les a emmenés au cinéma aujourd'hui, demain ce sera votre tour. Puisque aujourd'hui vous aviez cours de cuisine.

— Mais pourquoi ils ne nous l'ont pas dit ? Qu'est-ce qu'on va faire des petits pâtés, maintenant ?

Elle pose le plateau sur le bureau du professeur, s'assoit derrière un pupitre, prend un petit pâté sur le plateau et me le tend.

Le petit pâté est aux pommes de terre et aux oignons. Je mange le petit pâté.

— C'est bon, dis-je. Vous les avez bien réussis, vos petits pâtés.

La fille ne m'entend pas. Songeuse, elle fixe le vide devant elle.

— Bizarre… Où sont donc les garçons ?

LA BAGARRE

On se battait rarement au foyer. Quand il y avait une bagarre, elle était très violente. Mais il y avait des règles. Pas question de mordre ni de tirer les cheveux et puis notre loi prohibait couteaux et coups-de-poing américains. Si le degré d'infirmité était par trop inégal, il était permis de se venger. Le délai pour ce faire n'était pas extensible à l'infini. J'ai connu un garçon qui racontait avec fierté qu'il avait poussé son adversaire sous une voiture pour une offense datant d'un an et demi. Il s'y prit mal, la voiture venait juste de démarrer et le choc fut léger. A notre réunion du soir, le contrevenant fut absous. Celui qui avait poussé son adversaire sous la voiture n'avait qu'une main, celui qui avait été poussé avait deux bras et une jambe. C'était correct. Une bagarre eût été impossible. Le garçon s'était donc vengé, il s'était conformé aux règles. Lorsque le blessé revint de l'hôpital, les deux garçons se lièrent même d'amitié. On respectait la force. Chacun avait le droit d'être fort.

J'aime l'automne. Après les grandes vacances, l'automne était la saison du retour des chanceux qui, à chaque congé, retournaient chez eux. En automne, il y avait du bruit et de la gaieté, beaucoup de bonnes choses à manger, des histoires intéressantes sur la maison, l'été, les parents. Le printemps, je le déteste. Je n'ai jamais aimé le printemps. Au printemps, mes meilleurs amis s'en allaient pour les vacances. Au printemps nous espérions que, ce printemps justement, l'un de ceux qui ne l'avaient pas été l'année précédente serait pris à la maison. Tous l'espéraient, même ceux dont les parents habitaient trop loin, même les orphelins. On essayait de passer la plus grande partie de la journée dans la cour de l'école à proximité des portes du foyer. On n'en parlait pas, on attendait simplement, pleins d'espoir. Je n'espérais rien, je savais que personne ne viendrait me chercher.

Cet automne-là, Sérioga revint tout triste. C'était étrange de voir Sérioga abattu. Bien sûr, tout le monde était un peu triste après les vacances, tous regrettaient leur maison. Mais la tristesse était vite effacée par les retrouvailles avec les amis, les nouvelles impressions, les nouveaux manuels. Nous passions de classe en classe, nous avions mûri.

Sérioga, un gars cul-de-jatte qui avait dépassé l'âge scolaire, était venu nous voir dans notre dortoir dans sa caisse à roulettes. Il voulait demander conseil aux gamins. Il s'adressait surtout à Guenka.

— J'ai rancard pour une bagarre.

— Sergueï, t'es le plus fort du foyer, tout le monde le sait. Qui voudrait se battre avec toi ?

— Justement, ce n'est pas quelqu'un d'ici, c'est quelqu'un du dehors, c'est bien le problème.

— C'est quoi, le prétexte ?

— C'est à cause d'une femme. Ils ont dit qu'ils allaient me buter, me faire la peau. La veille de mon départ pour le foyer. Ils ont dit que si je me repointais chez moi le printemps prochain, ils me tueraient.

Tout le monde savait qu'une fille attendait Sérioga dehors. Une fille valide. Normale et belle. Nos filles n'essayaient même pas de faire les yeux doux à Sérioga. Elles savaient trop bien que dès que Sérioga aurait fini l'école, il se marierait avec sa petite amie.

Guenka n'avait pas posé de questions sur la fille. Cela ne se faisait pas. Si le gars voulait en parler, il le ferait de lui-même. S'il ne le voulait pas, c'était son affaire.

— Je ne sais vraiment pas quoi te conseiller, je n'ai jamais été dehors. Il est costaud ?

— Bien sûr ! Il a un an de plus que moi. Il est au lycée technique.

— Alors, t'es foutu. Il va te savater et t'achever à coups de pied.

— Ça, je le sais. Mais je dois accepter la bagarre.

Guenka devint pensif. Au foyer, personne n'était plus intelligent que lui. Guenka le savait bien. C'est ça, le foyer. La vérité est très difficile à dissimuler. Tout le monde savait tout sur tout le monde. Nous savions qui, au foyer, était le plus fort, et dans quelle classe était la plus jolie fille.

— Tu sais, Sergueï, je pense que tu as une chance. Petite, mais une chance quand même. Il faut le faire tomber par terre. S'il tombe, tu te jettes sur lui et tu l'étrangles. Il a deux jambes de plus que toi, il est plus fort. Tu n'as pas d'autre choix.

Sérioga le savait lui-même. Il commença à faire de la musculation le jour même. Cette année-là, tout le monde fit de la "muscu". Dans la cour, on installa des barres fixes, un électricien et le professeur d'éducation physique soudèrent ensemble des tuyaux métalliques et fabriquèrent du matériel d'entraînement assez primitif. Il y eut beaucoup moins de beuveries. Les professeurs étaient heureux – les enfants passaient presque tout leur temps libre dans la cour. Sérioga, un gars qui avait de l'ascendant, arrêta de fumer – et ceux qui avaient décidé de se muscler cessèrent à leur tour. Ensuite, il est vrai, beaucoup craquèrent et s'y remirent. Sérioga ne craqua pas.

Chaque jour. Une heure le matin, deux heures le soir, quatre heures les samedis et dimanches. Pendant neuf mois, tout le foyer fit de la "muscu".

Ceux à qui il manquait un bras musclaient celui qui leur restait. Tout à coup tous se mirent à porter leurs prothèses. D'inutiles, les copies en plastique devinrent vraiment indispensables. Au fur et à mesure que l'entraînement se poursuivait, ils ajoutaient du plomb à l'intérieur de la prothèse pour ne pas se déformer le dos, pour que le côté valide ne pèse pas sur la colonne vertébrale. En outre, la prothèse elle-même devenait une arme non négligeable dans une bagarre.

Au foyer, il y avait un gars sans bras. Il n'en avait pas du tout. Ceux à qui il ne manquait que la partie inférieure pouvaient muscler leur moignon pour se bagarrer avec les prothèses. Lui ne pouvait pas porter de prothèses. Ses prothèses, joujoux inutiles, ne faisaient que le gêner et il ne les portait jamais. Il se mit à se muscler plus assidûment que tous les autres, plus que Sérioga même. Il s'asseyait sur un tabouret, se coinçait les pieds sous une armoire et se penchait en arrière jusqu'à toucher le sol avec la nuque. Il se musclait sans arrêt. Même en faisant ses devoirs. Qu'il apprenne une poésie par cœur, révise une leçon, il se musclait.

Il disait que ça l'aidait à mieux retenir. Le soir, il frappait longtemps avec la plante des pieds une collection de journaux reliée accrochée au mur. Il sautillait, frappait un exemplaire du talon, s'éloignait et recommençait. Chaque jour, fièrement, il arrachait avec les dents un journal du paquet. Une fois, alors que la collection sur le mur s'était sensiblement amincie, pendant une de ces séances d'entraînement, le plâtre du mur s'effrita, le volume relié tomba du clou. Il continua à cogner furieusement les briques nues à coups de talon. S'en vinrent les adultes, on repeignit le mur sans le gronder car on comprit qu'il ne l'avait pas fait exprès. En riant, ils lui conseillèrent de s'entraîner sur le mur de béton du garage. Le manchot se réveillait avant les autres, sortait pour taper sur le pauvre mur qui ne lui avait rien fait. Maintenant, il pouvait exercer ses jambes le matin aussi sans gêner le sommeil des autres. Un gars très fort.

Sérioga avait des bras. Il développait son corps sans s'aider d'artifices. Ce n'était que pour s'entraîner à la barre fixe qu'il mettait un sac à dos. Au début, il n'y plaçait qu'une charge légère pour compenser son absence de jambes, plus tard, il y ajouta des haltères. Mais même avec le poids d'un lourd sac à dos, il arrivait à se hisser plus de quarante fois de suite.

L'idée du sac avait conquis jusqu'au professeur d'éducation physique. Il prit l'habitude de venir lui aussi aux séances d'entraînement avec un sac à dos. Au nombre de ses obligations de service, il y avait la gymnastique matinale avec les enfants et d'ailleurs de toute façon presque personne ne venait aux cours d'éducation physique. Or cette année-là, il devint le professeur le plus important de l'école, surclassant celui de mathématiques. Il aida énormément les garçons, il inventait lui-même du matériel pour les handicapés, les mettait en garde contre le surentraînement et leur faisait de longs exposés d'anatomie. Un bon professeur.

Ses "fers à repasser" devinrent la grande fierté de Sérioga. On appelait "fers à repasser" les petites planchettes munies de poignées qui servaient aux culs-de-jatte à avancer au ras du sol dans leurs caisses à roulettes. Sérioga s'était fabriqué les siens tout seul à partir de petits tuyaux en aluminium pendant les cours de travaux pratiques. Pourvus de semelles de caoutchouc, ils ne restèrent pas légers longtemps. Chaque soir, Sérioga allumait un petit feu dans la cour, faisait fondre un peu de plomb qu'il versait dans ses tuyaux. Les "fers à repasser" devenaient plus lourds de jour en jour. Il s'en servait comme à l'ordinaire. Il continuait comme avant à circuler dans sa caisse sur tout le territoire du foyer, seulement maintenant il avait toujours sous la main deux haltères bien pratiques. Quand le printemps arriva, chaque "fer à repasser" pesait exactement cinq kilos. Ce résultat atteint, Sérioga décida de s'arrêter.

A son départ pour les grandes vacances, nous lui fîmes des adieux silencieux. Nous voyions bien qu'au cours de ces mois d'hiver passés à s'entraîner, Sérioga était devenu beaucoup plus fort, mais cela ne voulait rien dire du tout. Chaque fois qu'il progressait, nous comprenions que ce n'était de toute façon pas assez, que c'était bien trop peu. Sérioga s'était quotidiennement entraîné, mais il était parfaitement clair que quelque part là-bas, dans sa ville natale, il avait un ennemi qui faisait de même, dont le corps était entier et qui musclait chacun des muscles de ce corps. Quand, pour la première fois, Sérioga arriva à faire cinquante tractions sur la barre fixe, nous étions sûrs que son adversaire arrivait à en faire au moins cent. Si Sérioga pouvait de la main gauche soulever huit fois son haltère, l'autre le faisait vingt fois ou plus.

L'été passa vite. Encore un été au foyer. A l'automne, comme d'habitude, les parents avaient ramené les enfants. On ramena aussi Sérioga. Personne ne lui posait de questions sur la bagarre. Sérioga ne racontait rien. Un jour cependant, alors qu'une fois de plus il rendait visite aux gamins, Guenka y fit allusion, juste en passant. Il glissa quelque chose à propos des grandes vacances. Sérioga comprit aussitôt, se troubla, baissa les yeux. Ne pas répondre à Guenka aurait été gênant.

— Il n'y a pas eu de bagarre, dit-il à voix basse. Ça ne s'est pas fait. Je suis tombé dessus le soir même de mon arrivée. Il était debout avec un autre gars en train de fumer. Je lui ai demandé s'il se souvenait de moi, il m'a dit que oui. Alors, je l'ai frappé de toutes mes forces sur un genou avec mon "fer à repasser". La jambe s'est cassée, s'est retrouvée à l'envers. Il est tombé. Il s'est mis à crier très fort, à appeler sa maman. Je l'ai frappé plusieurs fois au ventre. Il a commencé à râler. Je me suis retourné face à son ami, je pensais que j'allais devoir me battre avec les deux en même temps, mais l'autre était déjà parti en courant rameuter les grandes personnes. Un cafteur... Ils sont arrivés, ils ont fait venir un médecin. Comme on me demandait avec quoi je l'avais arrangé comme ça, j'ai répondu que c'était avec les mains. Ça en a fait, du bruit. Il avait effectivement un couteau dans sa poche.

— Et ensuite ?

— Ensuite, rien. Son père est venu à la maison. Il s'est assis avec le mien et ils ont bu un coup. J'ai tout raconté honnêtement à son père. Après, avec le gars, on a fait connaissance. Un gars normal, seulement plutôt racho. Il a passé tout l'été sur des béquilles. C'est bizarre, je voulais l'emmener à la pêche, mais il m'a répondu qu'on ne l'autorisait pas à s'éloigner avec ses béquilles. Et ses parents aussi sont bizarres. J'ai essayé de leur expliquer que, chez nous, la moitié du foyer se déplace sur des béquilles, mais ils n'ont pas compris. Pourtant, la pêche était bonne cet été. J'ai attrapé un brochet. Pour ce qui est de la pêche, elle était bonne, pour sûr.

Ce soir-là, les gamins discutèrent longtemps. Ils ne pouvaient vraiment pas comprendre pourquoi le gars ne s'était pas battu avec une jambe cassée alors qu'il lui restait encore deux bras et une jambe valide, sans compter le couteau dans la poche. Un type bizarre. Et son ami aussi.

LE VÉLO

Extinction des feux. Les grandes personnes éteignent la lumière et s'en vont. Les enfants doivent dormir. Le meilleur moment de la journée commence – les quelques heures après qu'on a éteint. On n'a pas encore envie de dormir. Il fait noir. Si ce n'est pas jour de fête, ce n'est pas la peine d'allumer la lumière. Si c'est un jour de fête, alors, c'est une tout autre affaire ! Si c'est un jour de fête, on peut ouvrir les conserves gardées pour l'occasion, boire du vin et, s'il n'y a pas de vin, du thé au moins. Si ce n'est pas fête et qu'on n'a pas envie de dormir, on peut bavarder. La nuit, on peut parler de tout – personne ne se moquera. La nuit, on peut évoquer ses souvenirs de maman et papa. La nuit, on peut. Personne n'ira te dire que tu es une poule mouillée, le fifils à sa maman. La nuit, personne ne dira jamais une chose pareille.

Cette nuit-là, on causait des parents. Je me taisais. Quand ils ne savaient pas quoi dire, les gars me demandaient de raconter n'importe quoi d'intéressant tiré de mes lectures. Je racontais. Cette nuit-là, je n'avais rien à dire. Je me bornais à écouter.

Comme presque toujours en automne, les enfants discutaient pour savoir qui avait les meilleurs parents. Il va sans dire que tous avaient des parents formidables. Les mamans les plus gentilles du monde, les papas les plus forts. Certains n'avaient pas de papa. Pour ceux qui en avaient un, il était toujours le plus épatant.

— Moi, mon père, il est bien, commença l'un des gars. C'est le meilleur.

— T'as pas dit qu'il buvait ?

— Et alors ? Qu'est-ce que ça fait qu'il boive ? Ça ne l'empêche pas d'être bien. Cet été, le voisin a offert un vélo à son fils pour son anniversaire. Un vélo de grand, à deux roues. Il le prêtait à tout le monde. Il laissait chacun dans la cour faire un tour. Mon papa n'a pas bu trois jours de suite, il réfléchissait. Il restait à la maison à marcher de long en large de très mauvaise humeur. Maman lui a acheté de la bière, mais il n'en a même pas voulu. Il a pris un de mes cahiers et un stylo et a commencé à faire des calculs. Il est allé à la comptabilité puis au syndicat. Le samedi, il est parti au chef-lieu, il en est revenu, toujours à jeun. Il m'avait apporté une radio. Voilà, qu'il a dit, mon voisin, lui, il peut acheter un vélo à son fils juste le jour de son anniversaire, tandis que moi, c'est quand je veux que je peux acheter des cadeaux pour la famille. Il était resté deux semaines d'affilée sans boire. Pour gagner plus, il avait demandé à travailler la nuit. C'est une grosse radio, chère, personne n'en a une comme ça. Sur le devant, on voit toutes les villes du monde inscrites. On peut capter ce qu'on veut. La musique et les émissions pour enfants. Et il y a même une émission où des speakers lisent des livres pour les aveugles. Je l'ai écoutée tous les jours. Une bonne radio. Alors que le vélo du voisin, il a été très vite cassé de toute façon. Mon papa, il est intelligent, il sait toujours quoi acheter. Une radio, c'est quand même mieux qu'un vélo, pas vrai ?

Personne n'avait envie de discuter. C'était clair – une radio était une chose sérieuse, alors qu'un vélo… Qu'est-ce que c'est ? Un bout de ferraille avec deux roues, rien de plus.

L'ESPAGNOLE

L'hôpital. Je suis couché, plâtré jusqu'à la taille. Sur le dos depuis déjà plus d'un an. Je regarde le plafond. Plus d'un an à fixer toujours le même endroit au plafond. Je n'ai pas du tout envie de vivre. J'essaie de manger et de boire moins. Je m'y efforce parce que je sais que moins on mange, moins souvent on a besoin d'aide. Demander de l'aide aux autres est la chose la plus effrayante et la plus désagréable au monde.

La visite. Accompagné d'une cohorte de tout jeunes étudiants, le médecin fait le tour des chambres. Il s'approche de mon lit. Regarde mon dossier et lit ce que j'entends ici jour après jour depuis un an. Il parle de mes bras, de mes jambes et de ma déficience intellectuelle. J'y suis habitué. Ces visites sont fréquentes. Je me suis habitué à beaucoup de choses dans cet hôpital. Ça m'est presque égal.

Le médecin enlève le drap dont je suis couvert, prend une baguette et montre mon corps aux étudiants qui s'ennuient. Il leur explique les méthodes de traitement et d'autres balivernes. Les étudiants somnolent.

— Combien font deux plus deux ? demande-t-il brusquement.
— Quatre.
— Et trois plus trois ?
— Six.

Les étudiants, égayés, se réveillent presque. Le médecin leur explique en peu de mots et avec beaucoup de conviction que toutes les parties du cerveau ne sont pas atteintes. "Le petit se souvient même de son prénom et reconnaît les médecins." Il me sourit. Je connais ces sourires, je les déteste. Les gens sourient comme ça aux tout petits enfants et aux animaux. Sourires hypocrites.

— Dis-moi, et combien font deux multiplié par deux ?

Il appuie tout particulièrement sur le mot "multiplié".

C'en est trop. Cette fois, même pour moi, même dans cet hôpital maudit, c'est trop.

— Deux fois deux, quatre, trois fois trois, neuf, quatre fois quatre, seize. J'ai froid. Remettez-moi le drap ou fermez au moins le vasistas. Oui, je suis un débile, je sais, mais un débile, il arrive aussi que ça ait froid. Je ne suis pas là pour vous servir de cobaye.

J'avais entendu le mot "cobaye" dans la salle de soins. Le médecin me regarde très bizarrement. Il reste là à me fixer sans rien dire. Une jeune fille de sa suite se penche rapidement, me recouvre avec le drap et tout aussi vite reprend sa place.

La visite est terminée.

Ce soir-là, une femme qui porte une robe, jeune et jolie, s'approche de moi. Elle n'a pas de blouse. Cela fait plus d'un an que je n'ai vu personne sans blouse. Elle se penche vers moi d'un air décidé, demande :

— Tu es espagnol ?

— Oui.

— Moi aussi, je suis espagnole. Je suis étudiante à l'Institut pédagogique. On nous a demandé de raconter le *Dit de l'ost d'Igor.* Le texte est compliqué, je n'y comprends rien, tu ne pourrais pas m'aider ?

— C'est que je suis trop petit, vous, vous êtes étudiante.

— Dis-moi "tu".

— D'accord, j'essaierai de t'aider.

Elle sort le livre de son petit sac, approche une chaise de mon lit, commence à lire. Elle lit lentement, presque syllabe par syllabe. Je connais à peu près tous les mots "difficiles" et pour ceux que je ne connais pas, il y a des notes bien commodes dans le livre. Un bon livre.

Le jour tombe. Il est temps pour elle de partir. Elle ferme le livre, se lève.

— Nous n'avons pas encore tout lu, je reviendrai demain. Je m'appelle Lolita.

— Moi, Ruben.

Elle sourit.

— Je sais comment tu t'appelles. Je viendrai demain, Ruben.

Cette nuit-là, je n'ai presque pas dormi. Jamais personne, jusque-là, n'était venu me rendre visite. Presque tous ceux que je connaissais avaient quelqu'un "dehors" : des parents, des grands-parents, des frères et sœurs. Un Géorgien avait même reçu une fois la visite d'un cousin. Ses parents étaient morts et il avait été adopté par son oncle. Le Géorgien m'avait expliqué qu'un cousin était un parent consanguin. Et qu'un parent consanguin était la personne la plus proche qu'on ait sur terre. Il avait beaucoup de parents consanguins. Moi, je n'avais personne.

Le lendemain, nous reçûmes la visite de nos tuteurs. L'Institut pédagogique avait soudain pris sous sa tutelle la section de pédiatrie de notre hôpital. C'est-à-dire que, sans doute, c'était déjà le cas avant mais, ce jour-là justement, ils étaient venus et justement dans notre chambre. Lolita, évidemment, se trouvait parmi eux. Elle avait jeté sur ses épaules, par-dessus sa robe, une blouse blanche.

Elle s'approcha de mon lit.

— Tu vois, je suis venue. Pourquoi tu pleures ?

Les tuteurs revinrent souvent, presque chaque dimanche. Lolita n'était pas toujours avec eux mais, quand elle venait, elle restait longtemps assise à mon chevet. Nous parlions. Simplement, de tout et de rien. Bavarder avec quelqu'un, c'était beaucoup pour moi, presque trop pour l'enfant que j'étais. Un délicieux enchantement qui me ravissait ! Pour elle, en revanche, rien n'était jamais assez. Venir simplement rendre visite à un enfant malade, solitaire, ce n'était pas assez. Un jour, les étudiants apportèrent un projecteur à l'hôpital. Ils passèrent des dessins animés dans la pièce de repos, moi, comme toujours, je restai seul dans la chambre. Arriva Lolita, elle jeta un regard sur moi, dit je ne sais trop quoi, je lui répondis. Elle doit être de mauvaise humeur aujourd'hui, pensai-je. Elle ressortit de la pièce en courant. Et le dimanche suivant les étudiants apportèrent le projecteur dans la chambre. On plaça mon lit le long du mur. Dans un carré de lumière, sur une cloison d'hôpital, un loup qui faisait rire essayait en vain d'attraper un lapin futé. Les dix séries au complet, les dix, du dessin animé le plus populaire de Russie. Je les voyais pour la première fois de ma vie.

Avec Lolita, c'était toujours la première fois. Pour la première fois, on me glissa du lit sur un brancard et on me fit sortir de l'hôpital. Pour la première fois de toute mon existence hospitalière, je pouvais voir le ciel. Le ciel, au lieu de l'éternel plafond blanc.

C'est la fête. La fête à l'hôpital. Les fêtes ne me concernaient pas, je n'en avais rien à faire, des fêtes. Quelqu'un, quelque part, s'amusait.

Lolita, très belle, avec un maquillage éclatant, en costume espagnol et sans blouse, fait irruption dans la chambre.

— Ruben, on va t'apporter un brancard tout de suite pour te transporter dans la salle de repos. Aujourd'hui, je vais danser.

Elle est belle, enjouée. C'est une vraie fête, comme dans la vie.

Une infirmière entre dans la chambre. Une infirmière ordinaire, en blouse blanche.

— Il est interdit de déplacer le malade. Il vient de subir une opération.

Au fait, l'arrivée de Lolita m'avait fait oublier l'opération. Les médecins avaient pour la énième fois ôté les plâtres, encore une énième douleur dépourvue de sens. Interdit. Tout est toujours interdit. Je m'y étais habitué, d'ailleurs, je m'y étais déjà presque habitué à ces éternels “interdit”. Mais pas Lolita. Elle, elle n’était pas habituée. Elle sortit en courant de la chambre. Elle avait disparu.

Quelques minutes plus tard, on entra dans la chambre en faisant beaucoup de bruit, on parlait espagnol. Lolita, Pablo et un type court sur pattes et moustachu. Pablo avait une guitare à la main, je connaissais Pablo. Le moustachu passa au russe.

— Tu dois rejoindre le groupe sur scène, immédiatement.

— Je vais danser ici. Ici et tout de suite.

— Tu danseras où on te le dira. J’emporte la guitare. Pablo, on y va.

— Pablo, tu ne vas pas y aller, quand même ?

Lolita regardait crânement le grand gars. Elle le fixait droit dans les yeux d’un air de défi joyeux. Pablo baissa les yeux.

Le moustachu s’en fut, suivi du pauvre Pablo. Nous restâmes seuls dans la chambre d’hôpital.

Lolita dansait. Elle dansait et battait la cadence en claquant des doigts.

Lolita dansait. Elle dansait pour elle-même. Tendue et sévère, elle marquait du talon une étrange mélodie venue de loin. Sans guitare, sans Pablo. Elle dansait pour de bon, de tout son être.

Des ensembles de danse étaient venus parfois dans notre foyer. De jeunes idiotes piétinaient, pleines de bonne volonté, le parquet de notre club. L’animateur s’avançait et annonçait le numéro suivant. Les idiotes piétinaient le parquet un peu différemment. Quel ennui !

Une fois seulement l’ordre établi avait été mis à mal. A l’occasion du jour de la Victoire, un de ces éternels groupes était venu se produire chez nous. Je ne sais pour la combientième fois, ils avaient remis ça, la musique habituelle. Soudain, notre professeur d'histoire fit irruption sur la scène, chuchota quelque chose à l'oreille de l'accordéoniste affolé. Accroupi, il se mit à danser le *kazatchok** en faisant tinter ses médailles. Les jeunes filles faisaient place au vétéran pour ne pas le gêner : il a bu le bonhomme, qu'il danse s'il veut. Le professeur avait effectivement un peu bu ce jour-là. Le jour de la Victoire, c'est fait pour, non ? Il dansait vraiment bien, sauvagement, sans aucune retenue. Son extravagance m'évoqua vaguement quelque chose de connu. Il respirait la liberté, la force. Je n'ai plus jamais rien vu de semblable depuis.

Mais, la première fois que je vis ce qu'était la danse véritable, vivante, ce fut dans cet hôpital du nord de la Russie. La danse authentique, l'espagnole.

Nous nous faisions nos adieux. Lolita devait partir pour de bon.

— Je te retrouverai, petit garçon. Je t'écrirai à coup sûr, attends mes lettres.

Elle promettait de m'écrire, je n'y croyais pas, une fois encore je n'y croyais pas.

— Tu ne pourras pas me retrouver. Je ne sais même pas dans quel foyer on va m'envoyer.

Je n'y croyais pas.

Quelques années plus tard, une lettre m'arriva. Une lettre ordinaire. La première lettre de ma vie. Dans la lettre, une belle carte postale. Sur la carte : une Espagnole vêtue d'une robe bariolée, qui dansait. La robe de la carte postale était brodée

* Danse folklorique.

de fils de couleur. On ne fabriquait pas en Russie de telles cartes postales.

C'est l'éducatrice qui me donna la lettre. Elle posa devant moi l'enveloppe ouverte. S'assit en face de moi.

— Ruben. J'ai à te parler sérieusement. J'ai lu la lettre. Il n'y a rien de dangereux là-dedans. Pour l'instant. J'espère que tu comprends que tu ne pourras pas répondre. L'Espagne est un pays capitaliste. Il n'est pas recommandé de correspondre avec les pays capitalistes. Chaque étranger est un espion en puissance. Tu es un petit garçon intelligent et tu dois comprendre que l'administration du foyer n'a pas le droit de te faire courir un tel risque.

Elle sortit en emportant l'enveloppe.

Je contemplai longuement la carte postale puis la cachai dans mon manuel de mathématiques.

Le lendemain, la carte postale n'y était plus.

LA VOLGA

La Volga. Notre grand fleuve russe. Et puis aussi une voiture qui s'appelle Volga. Des voitures, il y en a de toutes sortes. Quand j'étais petit, je croyais qu'il n'y avait au monde que des Volga, des Moskvitch et des Zaporojet. Dans les livres on parlait d'autres voitures, mais je ne les avais jamais vues.

Chaque année, au mois de mai, au foyer on organisait une fête de fin d'études. Les anciens élèves de la maison y étaient invités. Beaucoup arrivaient en voiture. Les professeurs les accueillaient, contents de les revoir. Ils étaient contents même quand quelqu'un arrivait au volant d'une *invalidka* – sorte de boîte sur roues équipée d'un moteur de mob. Ils étaient tout spécialement contents de ceux qui arrivaient en Volga. La Volga est une voiture chère. Qu'un ancien élève ait acheté une Volga, il devenait un élève spécial. Lors de la réunion solennelle, il était invité à siéger au présidium, on lui confiait le soin de prononcer le discours d'adieu pour ceux qui allaient quitter la maison.

Parfois nous parlions de voitures. Les enfants discutaient pour savoir quel papa avait la voiture la plus super. Tous les parents n'avaient pas une voiture. Loin de là. Certains possédaient des motos. Dans les discussions, les motos comptaient pour rien. Seules "leurs" voitures entraient en ligne de compte. Ils considéraient également comme les leurs celles des grands-pères ou des grands frères. Un petit garçon n'avait pas de papa mais sa maman possédait une voiture. Il était très fier de sa maman et de "sa" voiture. Si les parents n'habitaient pas loin et venaient au foyer en voiture, il n'y avait rien à prouver. Pour ceux qui habitaient loin, la chose était plus difficile. Bien sûr, ils pouvaient toujours montrer une photo de toute la famille sur fond de voiture. Mais qui allait de but en blanc faire confiance à une photo ? Que le papa fît allusion à la voiture dans une lettre, c'était une autre affaire ! Si des parents écrivent qu'une des roues de la voiture a crevé – ça veut dire que voiture il y a. Des parents, ça ne va pas mentir. Pour quoi faire ?

Je ne savais pas à l'époque si mon papa avait une voiture. Je ne le sais pas plus aujourd'hui. Quand on se verra, je le lui demanderai. Je ne savais pas à cette époque que j'avais le meilleur grand-père du monde. Le meilleur de tous. Que mon grand-père était secrétaire général du parti communiste. Je ne savais pas qu'il avait lutté pour la liberté du peuple espagnol, qu'il avait longtemps vécu dans la clandestinité. Je ne savais pas qu'il était ami avec Picasso. Je ne savais pas que, en Russie, on le promenait partout en Volga noire.

S'il était venu me voir ne serait-ce qu'une fois ! Il serait venu en Volga dans notre petite ville. Tous auraient vu quelle voiture avait mon grand-père. Peut-être que Picasso lui aurait donné pour moi un de ses tableaux. Un petit. Il aurait été plus regardant pour un grand, bien sûr ! Mais un petit ? On aurait accroché le tableau au club à côté des autres sous les portraits des membres du Politburo. On y avait déjà mis des tableaux, peints par le papa d'un petit garçon. Ce papa était décorateur dans une usine et le petit garçon était très fier de "son" papa et de "ses" œuvres. Non, le Picasso aurait été accroché dans la salle des professeurs ou dans le bureau du directeur. Picasso, c'est autrement plus super qu'un décorateur d'usine.

Il serait venu en compagnie du secrétaire du comité régional du parti communiste de l'Union soviétique. On nous aurait réunis au club. Le directeur aurait prononcé un discours de bienvenue et il aurait donné la parole à mon grand-père. Tout le monde aurait su que mon grand-père était le meilleur agent de renseignements soviétique du monde, comme Richard Sorge ou Stirlitz. Et ce n'est pas grave que Stirlitz n'ait existé qu'au cinéma. On nous racontait que le vrai Stirlitz était encore vivant et en mission secrète.

Tout le monde aurait vu quel grand-père j'avais. Un secrétaire général du parti communiste est plus important que les enseignants, plus important que le directeur du foyer. Il serait monté à la tribune lire un discours sur la situation internationale et tout le monde aurait aussitôt compris quelle place plus que capitale était la sienne là-bas, chez lui, en Espagne. Tellement capitale que ça n'existe pas. Presque comme celle de Leonid Ilitch Brejnev.

Il aurait vu mon carnet scolaire avec les meilleures notes et ma photo au tableau d'honneur. Il m'aurait aimé tout de suite, moi, son petit-fils. Car il était bon mon grand-père, évidemment. Le meilleur grand-père du monde, comme grand-papa Lénine, comme Leonid Ilitch Brejnev. Nous savions tous que Leonid Ilitch aimait beaucoup les enfants et veillait quotidiennement à ce que chaque écolier soviétique ait une enfance heureuse.

Mais peut-être n'avait-il pas le temps de venir. Peut-être était-il filé par des espions américains. Peut-être était-il obligé de respecter les règles de la clandestinité. Il aurait pu m'écrire une lettre ou même m'envoyer un colis. J'aurais reçu un paquet, énorme, avec du chorizo. Je ne l'aurais pas mangé tout seul. J'aurais donné à chacun un petit bout de saucisson espagnol. Aux enseignants aussi, et aux *niania*. Et même à notre chien à trois pattes. Tout le monde aurait mangé de mon saucisson et chacun aurait été surpris. On se serait dit : "Il est bizarre, le saucisson en Espagne, vous ne trouvez pas ?" Et le chien aurait été étonné aussi. Mais il n'aurait rien dit, le chien. Les chiens, ça ne parle pas.

Peut-être qu'il n'avait pas d'argent pour du saucisson. Peut-être qu'il se cachait, comme grand-papa Lénine, dans une hutte. Et que, tout comme grand-papa Lénine, il ne mangeait rien et ne buvait que du thé de carotte et que, quand les ouvriers et les paysans lui faisaient parvenir de la nourriture, il ne la mangeait pas lui-même mais cédait tout jusqu'à la dernière miette aux enfants des foyers. Il aurait pu téléphoner. Il pouvait appeler le directeur de notre foyer d'un téléphone secret. Le directeur de notre foyer était communiste et les communistes se sont toujours aidés les uns les autres. On m'aurait convoqué dans le bureau du directeur et on m'aurait répété en grand secret ce qu'aurait dit mon grand-père, le meilleur du monde. J'aurais tout compris. J'étais un garçon intelligent, tout ce dont j'avais besoin, c'était savoir qu'il existait quelque part, qu'il était en mission spéciale et ne pouvait pas venir. J'aurais cru qu'il m'aimait et qu'un jour il viendrait. Je l'aurais aimé même sans saucisson.

Mais peut-être n'avait-il pas peur qu'on dévoile son secret. Peut-être aurait-il compris que les espions américains ne s'aventuraient pas souvent dans notre petite ville de province. Alors on m'aurait permis de raconter à tout le monde que j'avais un grand-père clandestin. Juste comme ça sans entrer dans les détails. Ma vie en aurait été bien différente. On aurait cessé de me traiter de sale nègre, les *niania* n'auraient pas crié après moi. Lorsque les professeurs m'auraient félicité pour mes bonnes notes, ils auraient su que je n'étais pas juste le meilleur élève de l'école, mais le meilleur tout court, comme mon héroïque grand-père. J'aurais été sûr que, l'école finie, on ne m'enverrait pas ailleurs pour mourir. Que mon grand-père allait venir me chercher. Tout aurait changé pour moi. J'aurais cessé d'être orphelin. Si quelqu'un a de la famille, il n'est plus orphelin, il est quelqu'un de normal, il est comme tout le monde.

Ignacio ne vint pas.

Ignacio n'écrivit pas.

Ignacio ne téléphona pas.

Je ne le comprenais pas. Je ne le comprends pas. Je ne le comprendrai jamais.

LE DINGUE

Le foyer. Un endroit correct. Si tu es arrivé là, tu as eu de la chance. Ta scolarité finie, quand tu reviendras à la maison, tu seras un autre homme, tout à fait différent. Tu auras dans ta poche un certificat de fin d'études et devant toi la vie entière. Toute la vie devant soi. Il te manque un bras ou une jambe, foutaises. Regarde le voisin, l'oncle Pétia, il est revenu de la guerre sans jambes, et alors quoi, il vit. Il a une femme, une beauté, sa fille est à l'institut, elle étudie les langues étrangères, elle est instruite. Tout va bien pour l'oncle Pétia, lui c'est la guerre qui lui a appris la vie, toi c'est le foyer.

Tu vas revenir à la maison, ton père et toi vous boirez deux cent cinquante grammes de vodka chacun, vous allumerez une cigarette. Ton père comprendra tout, lui-même a été à l'armée, il connaît la valeur des choses en ce bas monde. Seulement maman pleurera. Ça c'est mauvais. Lorsque les femmes pleurent – c'est toujours mauvais. Ne pleure pas, maman, tout ira bien pour moi, pas plus mal que pour les autres. Pas plus mal que pour l'oncle Pétia.

Un foyer n'est pas simplement un internat. C'est aussi une école. Une bonne école avec de bons professeurs. Des livres intelligents, trois repas par jour. Un bon endroit, le foyer. Tu t'y feras de bons amis. Des vrais, pour toute la vie.

On a amené un nouveau au foyer. Un IMC qui marche. Paralysie cérébrale infantile. Moi aussi j'ai une paralysie cérébrale, mais chez le nouveau tout allait plutôt bien. Une démarche boiteuse, les bras ballants, déployés. Le visage constamment crispé pour essayer de contrôler l'écoulement de salive. A sa physionomie, impossible de déterminer s'il est idiot ou intelligent. Le nouveau est une énigme. Un nouveau est toujours une énigme, toujours une distraction.

Au foyer, il existe une coutume amusante. Lorsqu'un malade atteint de paralysie cérébrale est dans les nuages, profondément perdu dans ses pensées ou concentré sur quelque chose, il faut s'approcher de lui sans se faire remarquer et lui crier dans l'oreille. L'autre a un brusque sursaut et, s'il ne se reprend pas assez vite, il peut même tomber de sa chaise. S'il ne fait que sursauter et laisse tomber son stylo, c'est moyennement drôle. Le mieux c'est de guetter quand il est en train de boire du thé brûlant ou du vin. Avec le vin, c'est plus drôle. Du thé, peut-être qu'on lui en redonnera, mais avec le vin on ne blague pas. C'est ta faute, tu n'avais qu'à faire attention, faut pas mollir.

Je me connaissais cette faiblesse, je sursautais quand quelqu'un brusquement frappait dans ses mains ou poussait un cri, c'est pourquoi, en terrain inconnu, j'essayais d'occuper une position avantageuse, de me cacher dans un coin ou de me glisser sous une table. Prévoir le pire est de règle. Eh bien alors ? C'est ça le foyer.

Le nouveau entre dans le dortoir, détendu, trop détendu. Il dépose son sac à dos et s'écroule sur le lit le plus proche. Les jambes vers la porte, la main fouillant par habitude dans la poche à la recherche d'un mouchoir. Il l'a trouvé et essuie de la salive imaginaire.

Soudain, les gars tous ensemble se manifestèrent en éclatant de rire. Les amis, les futurs amis.

— Ça va pas, le nouveau ? Et pourquoi tu te couches sur mon lit !

— Aa-ttt-ends. Je m'lève tout de suite. Je suis IMC.

Le mot IMC est prononcé distinctement, avec sérieux. Il est clair que le personnage ne plaisante pas. Il s'est senti mal, ce type, et voilà il s'est laissé tomber sur le lit.

— Eh bien, lève-toi, ne reste pas couché. Les cours sont finis. Tout de suite on va bouffer. Tu veux du thé ?

Ils lui ont versé une tasse pleine, sans radiner. Et avec plein de sucre, en veux-tu en voilà du fond du cœur. Ça se voyait tout de suite, de bons petits gars. Donc ils l'avaient adopté. Rassemblant toute sa force de volonté et serrant les poings, il s'assit, se mit peu à peu debout, se rassit sur une chaise. A deux mains il éleva le gobelet en fer-blanc encore brûlant, essaya de boire une gorgée.

— Hou !!! lui cria à l'oreille très fort, trop fort, un des gars qui se déplaçait sur des béquilles.

L'autre s'affala. En même temps sa main d'un geste réflexe repoussa la tasse brûlante en direction de l'offenseur. Il l'avait raté ! Il n'est pas interdit de rêver. On ne gagne pas tous les jours à la loterie. Le gobelet l'avait atteint à la tempe, le fumier. Au pire il lui resterait un bleu. Une minute. Une minute seulement. Une toute petite minute, avant qu'ils éclatent de rire tous en chœur.

Un, deux, trois…

Rappelle-toi ce que tu as lu sur Cassius Clay ou bien était-ce Mohammed Ali – c'est sans importance. Ils ne savent pas encore. Ils ne peuvent pas s'imaginer que là-bas, en Tchouvachie, tu es champion de boxe de la ville, champion dans la catégorie "valides". "Champion catégorie valides" était le titre que tu t'étais toi-même octroyé. Tous les autres titres à l'inverse seraient restrictifs. "Champion du monde des valides" sonne comme une offense personnelle. Or tu n'as offensé personne. L'arbitre ne pouvait rien trouver à redire. La salive coule de dessous le casque, ça c'est la rage. Le tremblement de tes mains, l'agitation dansante de tes jambes – ça c'est la tactique de l'entraîneur. Toujours donner le change. Toujours. Constamment te faire passer pour normal. Faire semblant. En fait, tu savais déjà que les normaux ne sont pas toujours en forme, qu'il ne leur arrive que ponctuellement de rassembler leurs forces pour résoudre tel ou tel problème concret. Alors que toi tu fais cet effort en permanence. Et ça t'est égal de frapper du gauche ou du droit, de toute façon tes bras ne fonctionnent pas. Mais si c'est nécessaire, si c'est tout à fait nécessaire, alors tu peux arriver à rassembler tes forces grâce à la douleur, à la tension nerveuse, au dégoût que t'inspirent tes excessives sécrétions de salive. Là, c'est possible. Là tout est possible. Tout est possible et personne ne te l'interdira. Et voilà, c'est le coup précis qui atteint le casque de l'adversaire. Un coup normal. Comme toujours. Comme il en sera toute ta vie. Une chose banale. En effet, personne n'applaudit quand tu refermes ta braguette. Eux, ils referment leur braguette tous les jours et on ne les décore pas pour ça. Et le maire ne leur serre pas la main au cours de la réception officielle.

Quatre, cinq, six…

Il faut se remettre debout. La chemise mouillée et l'épaule brûlée par le liquide bouillant, foutaises tout ça. Ça aurait pu être pire. N'importe quoi aurait pu arriver. Ils auraient pu lui tomber dessus la nuit, l'emprisonner sous une couverture et le passer à tabac. Comme ça, pour rien, parce qu'il est le nouveau. Pour qu'il se tienne à carreau. Ou bien se jeter sur lui tous ensemble au grand jour. C'est toujours mieux quand ça se passe au grand jour, mais d'ailleurs ce n'est pas encore le soir, la nuit va venir, ils vont cogner. C'est pourquoi il faut se relever, et fissa. Etre fort et sans pitié.

Il n'a pas envie de se battre, pas du tout, mais il le faut.

Il s'est mis debout. Bizarre, ils continuent à rire. Ils n'ont pas compris. Un rapide coup d'œil alentour. Il s'est approché du gars qui lui a crié à l'oreille. Un petit garçon, plus jeune que lui de quelques années, gringalet, sur des béquilles. Pourquoi y aller, alors ? Bizarre. Il a frappé, et le petit garçon est tombé, ses béquilles lui ont échappé. Il s'est mis à cogner. On ne l'a pas laissé faire longtemps, ils lui sont tombés dessus par-derrière, les ont séparés.

— Ça va pas ?! Tu vois pas qu'il voulait blaguer ! Tu comprends pas la plaisanterie ?

— Je ccc-om-ppp-rends.

Merde ! Le bégaiement le prend au plus mauvais moment. Maintenant ils vont penser qu'il a eu peur.

Ils l'ont lâché. De nouveau il s'est mis debout. S'est levé lentement. Dirigé vers le petit étalé sur le sol. Il faut cogner. Cogner longuement, alors ils y croiront, que ce n'est pas pour rigoler. Alors, ils l'accueilleront comme un être humain.

— Où tu vas ? Arrête, ça suffit.

Devant lui s'est dressé un gars, à première vue normal, à peu près de son âge. Impossible de déceler son handicap au premier coup d'œil. Peut-être, alors qu'il s'approchait, qu'il traînait un peu la jambe.

— Suffit, calme-toi. Je m'appelle Hamid.

Du regard le nouveau évalua la taille de Hamid. Dès le premier coup à la mâchoire, il tombera. Ensuite, il pourra se laisser aller sur lui de tout son poids et cogner longuement. Ils ne le laisseraient pas faire longtemps, ils allaient s'en mêler évidemment. Il lui faudrait se battre avec tous à la fois, eh bien, allons-y. Hamid avait tout compris tout de suite. Il fit un pas en arrière et sourit.

— T'es dingue ? C'est moi que tu veux cogner maintenant. Mais moi qu'est-ce que je t'ai fait ? Kolka a voulu blaguer, simplement blaguer, tu l'as cogné. Vous êtes quittes. Ça va comme ça.

— Bon. Ça va comme ça. Cette nuit, je le tuerai. Ou lui, moi.

Hamid sourit encore une fois.

— T'as lu trop de livres sur la prison. Ici, ce n'est pas une prison. C'est un foyer. Rien qu'un foyer pour enfants. Personne ne tue personne et on se bat rarement. Vu ? Kolka a juste voulu blaguer. Tiens, rassois-toi plutôt, et bois ton thé.

— J'en ai assez bu comme ça.

Chapeau, Hamid ! On voit tout de suite qu'il a du plomb dans la caboche et qu'il n'est pas né de la dernière pluie.

— Et du vin, tu en veux ?

— J'ai trois roubles.
— T'as que ça ?
— Tu veux tout tout de suite ?
— Te fâche pas, je rigole.

Les lèvres du nouveau se sont mises à trembler, sa tête a eu un léger tic de côté.

Hamid a compris, il a tout compris.

— Arrête, t'excite pas. Ton argent, c'est ton argent. Personne ne va te le prendre. On vole pas très souvent non plus. Comment tu t'appelles ?

— Alekseï.

— Liokha, donc ?

— Alekseï.

Alekseï fit un pas en avant. Il allait quand même falloir se battre.

— D'accord. Tu es Alekseï. Mais je peux bien t'appeler Liokha, non ? Quelle différence ? Voyons, ça n'a rien de vexant. Donne ta main.

Ils se serrèrent la main.

— T'as amené de la bouffe ?

Alekseï sourit, prit sur le lit son lourd sac à dos, le jeta sur la table. Il tira sur les lacets et le sac s'ouvrit. Il sortit tout le contenu, et deux haltères de cinq kilos qui étaient au fond. Il s'écarta, s'assit sur le lit.

— Prêts ? Partis !

Sans se presser, Hamid se mit à disposer les provisions sur la table. Lard, oignons, ail, quelques conserves de viande. Pas un seul bonbon, rien de sucré. Hamid repoussa de côté une boîte de compote.

— La compote, c'est ma grand-mère qui me l'a donnée, je ne voulais pas la prendre, dit Liokha sur un ton d'excuse sans presque bégayer.

— Ce n'est pas grave, elle est très bien ta bouffe. Et la compote aussi ça peut servir, on la mélangera à la vodka. T'as apporté des cigarettes ?

— Je ne fume pas.

— T'as raison. Moi non plus, je ne fume pas.

Le soir, ils burent du vin.

Ils sortirent leurs couteaux, coupèrent le pain et le lard.

Hamid disposait avec soin le lard sur le pain et posait une tranche devant lui, une autre devant Alekseï.

Alekseï essaya de protester, de dire qu'il pouvait se débrouiller tout seul avec le couteau, mais Hamid ne voulut rien entendre.

— Détends-toi. Aider, c'est pas interdit. Je couperai plus vite que toi, non. J'ai pas raison ?

Hamid sortit une bouteille de vin, l'ouvrit. S'en versa un verre plein, le but lentement.

Le second fut pour Liokha.

— Tu te l'enfiles en entier ?

— Pour moi, ce sera dans le gobelet.

Il sortit de son sac à dos un gobelet en fer-blanc avec une grande anse.

— Tiens, il n'est pas con, le nouveau, le verre contient deux cents grammes et sa tasse au moins quatre cents.

— Ce n'est pas ce que tu crois, dit Liokha. Je ne pourrais pas lever le verre. Remplis le gobelet à moitié, si tu me le plains.

— Comme tu veux, dit Hamid. Je te verse le gobelet plein, bois. Tu passeras un tour, c'est tout.

Alekseï plaça sa chaise, à l'autre bout de la table, de manière à être assis dos contre la fenêtre. Il mit un haltère devant lui, sur la table. Hamid lui versa le gobelet plein et le posa devant Alekseï.

Ce n'est pas plus difficile que ça. Boire dans un gobelet n'est pas difficile du tout. Il faut agripper l'anse de la main droite, saisir fermement le gobelet dans la paume gauche et boire lentement. Du thé, du vin… C'est égal.

Pendant qu'il buvait, tous gardaient le silence. Il se posait là, le nouveau. Dès le premier jour, il était arrivé à boire un gobelet de vin d'un trait. Une fois le gobelet vidé, il le posa sur la table. Il sortit le mouchoir de sa poche, s'essuya la figure, parcourut l'assemblée du regard.

Hamid lui tendit une tranche de pain avec du lard.

— Tu en veux pour accompagner ?

— Plus tard.

— Liokha, lui dit alors Hamid, ne te fâche pas, mais enlève cet haltère de la table, s'il te plaît. T'es un peu dingo, toi, ça pourrait te reprendre de cogner quelqu'un.

Le vin commençait à faire son effet. Liokha rit. Il riait très fort, gaiement. Il rangea l'haltère sous la table. Rapprocha de lui les tranches de pain avec le lard et commença à manger.

Il était très bien ce foyer, rien à redire, et les gars aussi étaient bien.

LE PÈRE NOËL

C'est le printemps. Nous sommes assis à causer, un ami et moi. Deux gars de terminale dans leurs fauteuils roulants. Mon ami fume. Sans dissimuler sa cigarette dans le creux de sa main, sans se cacher au passage des professeurs. De leur côté, ils ne lui prêtent aucune attention. Il peut bien fumer, faire ce qu'il veut. De toute façon il est myopathe. Une maladie évolutive. Personne ne sait pour combien de temps il en a. Mon ami a de la chance. Ce printemps, on viendra le chercher pour le ramener à la maison. Pour toujours.

— Tu sais, Ruben, cette année le père Noël* n'était pas un vrai.

— T'es dingue ou quoi ? Quel père Noël ? Tu as quel âge ?

— Tu ne comprends pas.

Il a fini sa cigarette, en allume une autre au mégot. Ses doigts délicats et agiles placent méticuleusement le mégot dans la boîte d'allumettes. Ses mouvements sont lents, précis. Je ne pourrais pas en faire autant.

— Tu n'as pas compris, Ruben. La première fois quand je suis tombé gravement malade,

* En Russie, il s'agit du *Ded moroz*, grand-père Gel.

c'était au Nouvel An, c'était avant que j'aille à l'école. Je ne savais pas encore ce que j'avais. Mes parents ont appelé le père Noël. Il est arrivé tard. Je ne dormais pas, on m'avait promis le père Noël. Maman entra, remarqua que je ne dormais pas et alluma le sapin. Papa voulait entraîner le père Noël dans la cuisine, mais il n'y alla pas, il vint directement auprès de moi. Il vit les médicaments sur ma table de chevet, les béquilles. Il dit à papa : "A quoi bon aller à la cuisine, on n'a qu'à boire sous le sapin. De toute façon, j'ai fini ma tournée." Ils transportèrent la table, apportèrent la vodka et les entrées. C'était bien. Et on ne m'obligea pas à réciter des poèmes. On me versa de la limonade dans un petit verre. Après le premier verre, le père Noël enleva sa barbe. Il était très bien, ce père Noël, il s'appelait oncle Pétia. Et puis, les pères Noël à jeun ça n'existe pas.

J'avais compris. Je me mis à évoquer mes propres pères Noël. Des vieux, des jeunes, des femmes, des hommes, notre professeur de littérature, les jeunes étudiants de l'Institut pédagogique. Les médecins pères Noël, comme c'était souvent le cas.

J'en avais vu un vrai une seule fois dans ma vie. Il était entré, joyeux et ivre. Il avait le nez rouge. D'une voix de basse tonitruante, il dit : "Bonjour les enfants." Nous répondîmes comme il se doit : "Bonjour papa Noël." Il chanta et il dansa. Il nous récita des poèmes. Il nous regardait attentivement sans aucune gêne. Il ne détournait pas le regard des tout-petits en costumes de carnaval. Quand on mit de la musique douce, il dansa avec une manchote de terminale.

Nous égrenions nos souvenirs. Nous évoquions le jeune père Noël de l'année passée qui lisait, tout rouge, un papier à la main, en se trompant et en bégayant, la liste de nos noms et qui se sentit mal et eut au moment de distribuer les cadeaux un vrai malaise. On avait dû le transporter dans la salle des professeurs et lui faire prendre de la valériane.

Un autre père Noël, à la hauteur celui-là. Il avait laissé sa baguette magique à la porte, dès son entrée. Il avait posé sa hotte devant les tout-petits. Les tout-petits n'avaient pas osé y toucher, alors il avait déversé tous les bonbons directement par terre sous le sapin.

A la fin de ce soir de fête, le père Noël s'en fut dans les coulisses du club. Il revint sans barbe ni pelisse, revêtu d'un uniforme de parade. Il mit ses lunettes et sortit de sa poche une feuille pliée en quatre. Il lisait, en butant un peu, des phrases sur le parti et le gouvernement, sur la victoire finale et notre enfance heureuse. Puis il rangea le papier officiel dans sa poche et annonça d'une voix forte : "Et maintenant, mes Blanche-Neige vont faire la distribution générale des cadeaux !" Il attendit que les applaudissements s'apaisent, quitta la scène et alla s'asseoir à la table du directeur de notre foyer. De jeunes gars avec des épaulettes d'élèves officiers qui ne ressemblaient en rien à des Blanche-Neige apportèrent dans la salle d'énormes boîtes en carton remplies de trésors. Ils firent une distribution rapide et efficace et donnèrent à chacun son cadeau. A tous, aux enfants et aux grandes personnes. Ce fut un beau Nouvel An, le plus beau de ma vie.

Mon ami fumait. Je lui racontais mon vrai père Noël à moi. Nous nous comprenions.

— Tu as raison, dis-je. Un père Noël à jeun, ça n'existe pas. Les pères Noël sobres ne sont pas de vrais pères Noël.

LE CHIEN

Il est venu de lui-même. Il est entré par le portail, il a eu du mal à sauter sur le banc. Couché, il agitait la queue. C'était le soir, presque la nuit. Un gars sortit fumer dans la cour et vit le chien. C'était un jeune presque adulte, un gars de terminale. Il mit de côté sa cigarette et courut chercher de l'eau dans une boîte de conserve.

Sans mots inutiles, discrètement, le bouche à oreille avait fonctionné : "Un chien." L'ordre établi fut mis à mal, les enfants se hâtaient de sortir dans la cour, ils s'assirent autour du banc. Chacun voulait caresser, regarder le chien.

Il était interdit en vertu des règles d'hygiène d'avoir des chiens au foyer. Les chiens transmettent des infections, les chiens ont des vers. De temps en temps, un chien errant pénétrait sur le territoire du foyer et tentait de s'approcher du réfectoire. Les enfants lui donnaient à manger en douce, les adultes le chassaient avec des bâtons. C'était normal tout ça, tout comme il se doit. Le lendemain matin, le chien avait disparu. La nuit une voiture était venue, il s'était fait ramasser. On nous racontait qu'on faisait du savon avec les chiens. Le matin, les filles arrivaient en classe les yeux rougis d'avoir pleuré. Les garçons ne pleuraient pas. Les garçons ça ne pleure pas. Seulement voilà, les gars de terminale se mettaient à fumer presque sans se cacher. Ils fumaient ouvertement devant les professeurs, cherchant le scandale. Les adultes essayaient de ne pas réagir, persuadés qu'il fallait juste laisser du temps aux enfants, les enfants oublieraient tout. Des gens intelligents, ces adultes !

Tout le monde ou presque était sorti dans la cour. Tous étaient là, assis ou debout en silence.

Une infirmière d'un certain âge sortit de son local. Elle s'approcha et jeta un rapide coup d'œil au chien.

— Le chien, dehors. Les enfants, vous allez tous vous laver les mains avec du savon et après, au lit ! Exécution. Qu'est-ce qui se passe ici ?

Un petit garçon sur des béquilles, un de la maternelle. Un Tsigane. Il fit un bond vers le banc et se planta devant la femme.

— On ne peut pas le mettre dehors, il est gentil. Il est venu chez nous de lui-même.

L'infirmière regarda le petit garçon avec condescendance. On ne la lui faisait pas. Elle avait l'habitude. Elle savait mieux, elle savait exactement ce dont les enfants ont besoin.

— Va dormir, petit. Qui est de service ce soir ? Qui est responsable du coucher ?

Il n'y avait pas de surveillant. Il était parti à dessein aux toilettes. Il était assis aux toilettes, fumait et attendait de voir.

Le petit restait là, sûr de son bon droit. Les mains sur les béquilles, son unique pied fermement posé sur le sol. Il n'avait pas peur des grands, il avait le foyer pour lui, tout le foyer. Tous à cet instant étaient de son côté.

— Vous n'avez pas le droit de le mettre dehors, il lui manque une jambe !

L'infirmière s'accroupit devant le garçonnet.

— Il ne faut pas dire "jambe" mais "patte". Tu comprends ? Les chiens ont des pattes, les humains des jambes.

Soudain, la voix lui manqua. Elle eut un sursaut, se leva, rajusta sa blouse. Le visage calme, décidé. Pas l'ombre d'un doute. Le visage d'une femme plus toute jeune, convaincue d'avoir raison.

Elle disparut vite, réapparut aussitôt. Elle ouvrit sa trousse médicale.

— Tenez-le.

Les gars immobilisèrent le chien, l'infirmière coupa des poils sales sur les flancs de l'animal. Elle versa de l'iode sur les plaies ouvertes. Le chien tremblait, les gars le tenaient. L'infirmière, elle, faisait son travail calmement et avec dextérité. Pour finir, elle trancha à l'aide de ciseaux pointus la patte qui ne tenait plus qu'à un morceau de peau. Et fit un pansement.

— Il faut brûler les poils. Demain, il faudra appeler le vétérinaire pour qu'on lui fasse tous les vaccins. Vous changerez son pansement chaque jour, je vous donnerai les bandes. Si je note la moindre négligence, le chien est mis dehors. Vous m'avez bien comprise ?

Elle rangea son matériel et rejoignit l'infirmerie. Jeta un coup d'œil sévère à la jeune éducatrice.

— Tout le monde se lave les mains immédiatement et au lit. Extinction des feux.

Un ordre est un ordre. Chacun partit de son côté. Seul le petit Tsigane restait assis à côté du chien. Il lui caressait la tête et ne voulait pas partir.

Le chien remuait paresseusement la queue et regardait, placide, les morceaux de saucisson fumé posés devant lui.

L'éducatrice sortit dans la cour, s'assit sur le banc à côté du garçonnet.

— Va dormir, il est déjà très tard.

Le petit se taisait.

Une toute jeune éducatrice, tout juste sortie de l'école. Quelle pédagogue pouvait-elle bien être ? Elle se rapprocha du petit, fit un geste pour lui caresser la tête. Il s'écarta, elle caressa le chien.

— Vas-y, voyons, va dormir, répétait-elle. Il ne va pas s'envoler, ton chien. J'ai passé un coup de fil au directeur, il a dit qu'en fonction de votre conduite il verrait ce qu'il ferait du chien. On ne l'emmènera pas, le chien. Pas aujourd'hui.

Le chien se requinqua peu à peu. Chacun voulait lui donner à manger. Les tout-petits cachaient pour lui des bouts de pain du petit-déjeuner. Les filles lui apportaient des crêpes préparées pendant les cours de cuisine. Les garçons des grandes classes qui prenaient l'air sévère et renfrogné lui apportaient les reliquats de leurs soirées arrosées. Les cuisiniers lui donnaient, d'abord en cachette et puis ouvertement, les restes des repas.

En un hiver, le chien se refit une magnifique fourrure rousse. On l'appela donc le Rouquin. Les fillettes le peignaient vingt fois par jour, lui faisaient des petites tresses. Il supportait tout. Il préférait les filles aux garçons.

Les garçons jouaient avec lui. Ils lisaient des livres sur le dressage. Le chien sautait à travers un cerceau, donnait la patte gauche, puis la droite. Il connaissait les mots “stop”, “assis”, “couché”. Celui qu'il préférait était “apporte”. Il pouvait rapporter une balle pendant des heures. A ceux qui étaient sur un fauteuil roulant, il la rapportait et la mettait carrément au creux de la main. Il jouait avec tout le monde, venait voir tout le monde. Il se contentait de poser sa tête sur les genoux de ceux qui ne pouvaient pas lancer la balle. Il était intelligent, ce chien. Il comprenait tout et savait tout faire. La seule chose dont il était incapable était de faire le beau. D'ailleurs il n'avait pas besoin de se tortiller pour quémander un bout de pain. Pas besoin de lécher les bottes des gens. Quoi qu'il arrive ils lui donnaient à manger.

Le directeur du foyer, un directeur austère avec une serviette noire, un jour, en arrivant au travail, se pencha sur le chien et ébouriffa son pelage roux. Il lui demanda avec le plus grand sérieux :

— Ça va, la vie ? Pas de plaintes à formuler ? Les papiers sont en règle ?

Ses certificats vétérinaires étaient parfaitement à jour. Tout allait bien pour lui. Il sautillait sur ses trois pattes et jappait joyeusement quand il voyait des inconnus. Il reconnaissait les siens instantanément. Ceux qui ne faisaient pas encore partie de l'école et ceux qui depuis longtemps ne la fréquentaient plus. Il faisait parfaitement la différence entre les siens et les étrangers.

Des chiens étrangers, il en venait parfois chez nous. Les adultes n'étaient plus les seuls désormais à les chasser à coups de bâton. Les autres chiens étaient dorénavant interdits de séjour dans l'enceinte du foyer. Eux avaient des vers et des puces. Les enfants leur tiraient dessus avec leurs lance-pierres.

Au printemps apparut un inconnu. Il dit qu'il était l'ancien propriétaire. On ne le crut pas. Il entra, tendit la main pour caresser le Rouquin. On le crut. Le bon petit chien se précipita par terre, gronda. Le grognement hargneux se transforma en un gémissement aigu. Il s'aplatit sur le sol, se mit à glapir. Puis sauta sur ses pattes et la queue entre les jambes fila en direction de la chaufferie.

Dès le premier matin de sa vie au foyer, on lui avait monté une petite maison au cours de travaux manuels. Il fallait des plans spéciaux pour construire une niche, des doubles cloisons, un plancher chaud en bois pour protéger le chien du froid. Les filles avaient étalé des vieilles couvertures sur le sol. Quelqu'un apporta un oreiller. Un oreiller de chez lui, sans le tampon du foyer. Les tout-petits lui mettaient dans sa niche leurs propres affaires chaudes, leurs jouets préférés. Les grandes filles rendaient régulièrement tout ça aux petits en les grondant et en leur expliquant qu'il ne fallait pas le faire, que cela était insensé. De temps en temps, quelqu'un apportait quand même un cadeau dans la niche du chien, un cadeau bien humain censé tenir chaud. Le chien dormait dans sa niche, elle lui plaisait. Quand il faisait trop froid, en hiver, il allait dormir dans la chaufferie. Le chauffeur, un bien brave homme, était un ancien élève du foyer. Il avait des bras et des jambes, c'était un beau type costaud, juste pas très futé. Presque muet. En dix années passées à l'école, il n'avait jamais pu apprendre à lire et à écrire. Qui donc aurait besoin de lui dans cet autre monde, hostile et glacé, au-delà des portes du foyer ? Quand il sentait venir le cafard, il achetait de la vodka. De la vodka et des glaces. Il buvait la vodka seul mais partageait les glaces avec le chien. On le voyait souvent, ivre, assis à côté de la chaufferie, à mugir quelque chose de crucial pour lui tandis que le chien engloutissait une glace après l'autre. Ils se plaisaient en compagnie l'un de l'autre. On ne reprochait pas sa vodka au bonhomme. Tout le monde savait qu'il avait beau boire tant et plus, la chaufferie continuait à fonctionner. Même quand il était très soûl, il alimentait consciencieusement la chaudière en charbon. Un bon chauffeur.

L'intrus agitait les bras en tous sens, avançait des preuves et des exigences. Les adultes ne prêtaient aucune attention à ses arguments, ils le menacèrent d'appeler la police. Il sortit de la cour et resta là debout à attendre quelque chose.

Le garçonnet aux yeux noirs, la boule à zéro, était un petit Tsigane très dégourdi. Il avançait très vite sur ses béquilles et usait la semelle de son unique chaussure jusqu'à la corde. Il sautilla jusqu'à l'intrus, lui jeta un regard incisif et le tira par la manche.

— M'sieu, m'sieu, achète-moi mon petit couteau.

Il secoua sa manche et en fit tomber sur sa paume un joli petit canif ornementé. Il leva le bras en l'air – disparu le canif. Abaissa le bras – le canif reposait de nouveau sur sa paume tendue. Un tour de passe-passe élémentaire.

L'homme se pencha sur l'enfant.

— Donne voir. C'est pas un peu tôt pour toi pour faire joujou avec ça ?

— Voilà, voilà. L'argent d'abord. C'est mon couteau.

Le petit jeta le canif par-dessus son épaule, montra ses mains vides. Saisit ses béquilles, s'apprêtant à prendre la fuite.

— Hé ! Attends. Appelle un grand.

Un gars de terminale sortit. Un de ceux qui venaient de finir l'école. Un grand gars. Une frange rousse lui tombant obstinément sur les yeux, les cheveux jusque sur les oreilles. Une manche de la chemise soigneusement glissée sous la ceinture.

Ils s'installèrent sur un banc devant le portail du foyer. Le gars prit son paquet de cigarettes dans sa poche, d'une pichenette en sortit une, l'attrapa avec la bouche. Il remit le paquet dans sa poche. En sortit une boîte d'allumettes. Serra la boîte entre son petit doigt et sa paume, attrapa avec dextérité une allumette à l'aide du pouce et de l'index, la gratta, alluma sa cigarette. Tout cela vite, très vite.

— Tu veux quoi, au juste, p'tit père ?

— Rendez le chien. J'suis pas né d'hier, j'comprends les choses. Il s'est goinfré chez vous, son poil a repoussé. Je donnerai une bouteille de vodka.

Le gars fumait en silence.

— Bon, d'accord, je ne suis pas radin. J'en donnerai deux. Deux bouteilles de vodka.

— Il est à toi, le chien ?

— Oui.

— On va vérifier ça tout de suite. Tu l'as eu comme ça à la naissance avec une patte en moins, ou bien c'est plus tard ? Attention à ce que tu dis, je m'y connais.

— Plus tard.

— Et pourquoi il te le faut tout d'un coup ?

— Je vais me faire une toque de fourrure. Faut voir comme vous l'avez nourri. Une belle toque que ça fera.

— Je vois. Bon, eh bien, amène ta vodka et prends ton chien.

— Comment ça "prends ton chien" ? C'est toi qui me l'amènes par le collier.

— Tu l'as avec toi ?

— Bien sûr.

Le gars finit sa cigarette, mesura l'homme du regard. Pas très grand, le type, une tête de moins que lui.

— Ecoute, mon p'tit père, achète-moi un couteau.

— Vous êtes tous cinglés ici ? Y en a un autre déjà qui vient de m'en proposer un. Le morveux là-bas.

— T'as raison, p'tit père, c'est un minot et son couteau c'est une saleté. Achète le mien.

Le gars leva la main qui tenait le couteau vers le visage du bonhomme, appuya sur un bouton. Jaillit une lame, longue et fine. D'un mouvement pratiquement imperceptible, d'une main experte, il fit rentrer la lame. Il appuya une nouvelle fois sur le bouton. Fit de nouveau rentrer la lame, rangea le couteau dans sa poche.

— Mais peut-être que tu veux un coup-de-poing américain ? Viens devant le portail dès que la nuit tombera. N'aie pas peur, je fais d'excellents coups-de-poing américains. Je ne les vends pas cher.

— C'est le chien que je veux.

— Bon, eh bien, comme tu voudras.

Il se leva et se dirigea vers le portail. S'étant immobilisé un instant, il se mit à sourire, tout rayonnant de bonheur. Comme au souvenir de quelque chose de lumineux qui lui était cher.

— Ecoute, p'tit père, et si on y allait tout de suite et que tu le prennes toi-même ? Gratis.

Le bonhomme en fut tout ragaillardi.

— D'accord, on y va.

— Mais tu te débrouilles tout seul. Il est dans la chaufferie maintenant. Le chauffeur est fin soûl en ce moment. Il s'est apporté au moins une caisse de vodka hier. C'est un type costaud, notre chauffeur, il peut soulever une voiture d'une main par le pare-chocs, pas besoin de cric. C'est seulement la tête qui ne marche pas très fort chez lui. Il entend mal. Mais si tu lui parles lentement, il comprendra. Et tu sais quoi ? Tu commences directement par le principal, par la toque. Si tu lui parles de la toque, il comprendra.

L'homme saisit enfin qu'on était en train de lui jouer un mauvais tour. Il jura à voix basse et s'en fut clopin-clopant. Des sauvages, ces orphelins, pleins de méchanceté.

Un jour viendra. Un jour, je m'achèterai un chien. Un labrador intelligent, de race, un animal de prix. Il m'ouvrira les portes, m'apportera les objets que j'aurai laissés tomber. Un jour j'oublierai l'autre, celui du foyer. Ce brave chien roux qui avait une patte en moins.

LES MAINS

Je n'ai pas de mains. Ce dont je suis obligé de me contenter peut difficilement être appelé "des mains". J'y suis habitué. Avec l'index de ma main gauche je peux taper sur un ordinateur, dans celle de droite placer une cuiller et me nourrir de façon normale.

On peut vivre sans mains. J'ai connu un manchot qui s'était assez bien adapté à sa situation. Il faisait tout avec les pieds. Il mangeait avec les pieds, se coiffait, se déshabillait et s'habillait. Il se rasait avec les pieds. Il avait même appris à recoudre ses boutons. Il enfilait aussi tout seul le fil dans l'aiguille. Il entraînait chaque jour son corps de jeune garçon, il se musclait. Au cours des bagarres au foyer, il pouvait sans effort particulier frapper du pied son adversaire dans l'entrejambe ou à la mâchoire. Il buvait la vodka le verre coincé entre ses dents. Un gars du foyer comme les autres.

Vivre sans mains, en fait, n'est pas si difficile à condition d'avoir tout le reste. Tout le reste – mon corps – est encore plus misérable que mes mains. Or les mains, c'est essentiel. Vous me direz que, chez l'homme, c'est la tête qui compte le plus.

Cela va sans dire. Mais il est clair aussi qu'une tête ne peut survivre sans les mains, peu importent quelles mains, les siennes ou celles d'un autre.

Sergueï avait bras et mains. Deux bras costauds absolument sains. Au-dessus de la ceinture tout chez lui était normal. Bras, épaules, tête. Une tête bien faite. Sergueï Mikhaïlov. Sérioja.

A l'école il était un des meilleurs élèves. Mais pour lui ce n'était pas assez. Il lisait sans arrêt des revues de vulgarisation scientifique, participait par correspondance à leurs concours pour écoliers, faisait toutes les sortes d'exercices proposés dedans, leur envoyait les solutions, et en retour recevait des espèces de diplômes.

Plus bas sous la ceinture, deux minuscules jambes tordues figées en position de lotus. Sous la ceinture il ne sentait rien, absolument rien et c'est pourquoi il était obligé d'avoir avec lui en permanence un pistolet. Lorsque l'urine en débordait, il changeait lui-même ses pantalons. Il faisait tout tout seul. Il n'avait pas à appeler les *niania*, à s'humilier, à demander de l'aide. C'était lui qui apportait son aide aux autres, à ceux qui avaient eu moins de chance. Il nourrissait un ami à la cuiller, l'aidait à se laver la tête, à se changer.

Il n'avait pas de parents. Il était incapable de se déplacer. A la fin de sa scolarité, il fut transféré dans un asile de vieux.

Là-bas, il fut installé dans une chambre avec deux vieillards. Deux inoffensifs grands-pères. Le premier – un cordonnier – faisait cuire de la colle à chaussures sur un petit réchaud électrique, l'autre, un moribond, était déjà presque inconscient, l'urine coulait de son lit. On ne donna pas de linge de rechange à Sérioja. On lui expliqua qu'il n'avait le droit à des pantalons propres que tous les dix jours.

Trois semaines, il resta étendu dans cette pièce avec l'odeur d'excréments et de colle de cordonnerie. Trois semaines, il resta sans rien manger, à essayer de boire le moins d'eau possible. Soudé à son pistolet, il n'osa pas sortir dehors nu pour voir le soleil une dernière fois. Après trois semaines, il mourut.

Un an plus tard, c'est moi qui devais être transféré dans cet asile. Sergueï avait des mains, moi pas.

L'ASILE DE VIEUX

Dès l'âge de dix ans j'ai commencé à avoir peur de finir à l'asile de fous ou à l'asile de vieux.

Eviter l'asile de fous était simple. Il suffisait de bien se conduire, d'obéir aux grandes personnes et de ne pas se plaindre, surtout ne jamais se plaindre. Ceux qui se plaignaient de la mauvaise nourriture ou s'insurgeaient contre les agissements des adultes étaient transférés pour un temps à l'asile de fous. Ils en revenaient sages et obéissants et la nuit ils nous racontaient des histoires terribles sur les méchants aides-soignants.

A l'asile de vieux, tous ceux qui ne pouvaient pas marcher y atterrissaient. Pour rien, juste comme ça. Ne l'évitaient que ceux qui pouvaient apprendre un métier. L'école finie, les élèves brillants entraient dans des instituts, les élèves moyens allaient au collège technique ou à l'école d'apprentissage. Seuls les plus assidus et les plus doués étaient pris dans les instituts. De tous j'étais le meilleur. Mais j'étais incapable de me déplacer.

Il arrivait parfois que des membres de sa famille prennent chez eux après la fin de l'école un enfant qui ne marchait pas. Moi, je n'avais pas de famille.

Lorsque j'eus compris qu'un jour bien défini viendrait où on allait m'emmener dans cet horrible endroit, me poser sur un lit et me laisser mourir sans nourriture ni soins, la vie changea pour moi du tout au tout. Les professeurs et les éducateurs cessèrent d'être des adultes jouissant d'autorité et doués de sagesse. Il m'arrivait très souvent d'écouter un professeur et de penser que ce serait justement lui qui me conduirait là-bas pour mourir.

On me racontait des histoires de théorèmes et d'ensembles. J'assimilais machinalement le contenu de la leçon.

On me racontait des histoires de grands écrivains. Cela n'avait pas d'intérêt.

On me racontait des histoires de camps de concentration nazis, je me mettais soudain à pleurer.

Lorsqu'une *niania* se mettait une fois de plus à me crier après, je pensais avec reconnaissance qu'elle avait raison, qu'elle en avait le droit parce qu'elle prenait soin de moi. Là où on m'emmènerait personne ne m'apporterait le bassin. Cette femme presque illettrée était bonne, et moi – mauvais. J'étais mauvais parce que j'appelais les *niania* trop souvent, mauvais parce que je mangeais trop. Mauvais parce que j'avais été mis au monde par une salope de négresse qui leur avait laissé ce fardeau sur les bras à elles, si gentilles et bonnes. J'étais mauvais. Pour devenir bon, il ne fallait pas grand-chose, un rien vraiment. Ce que presque tout le monde était capable de faire, même les plus bêtes. Se lever et marcher.

Les enseignants ne comprenaient pas pourquoi je n'arrêtais pas de pleurer. Pourquoi je ne voulais parler à aucun d'eux, ni rédiger de rédactions à sujet libre. Même les plus intelligents, les plus gentils d'entre eux, les meilleurs d'entre les meilleurs, tous refusaient de parler avec moi de mon avenir. Les autres sujets ne m'intéressaient pas.

Cette année-là, quand j'eus fini mon premier cycle, on ferma chez nous les deux classes suivantes. Les élèves de terminale furent répartis ans d'autres foyers, certains furent simplement envoyés à l'asile. Dans un asile ordinaire, des gars qui avaient toute leur tête. Ceux-là n'avaient pas eu de chance : comme il arrive souvent à ceux qui sont atteints de paralysie cérébrale, ils avaient des difficultés d'élocution. Les membres de la commission médicale qui étaient venus chez nous ne s'étaient pas cassé la tête et les avaient expédiés chez les attardés mentaux.

Je restais le seul à être trop vieux pour qu'on me garde. Selon la loi j'avais droit à dix ans d'études, mais la loi n'intéressait pas grand monde.

On me conduisit à l'asile de vieux.

L'autobus du foyer était affreusement secoué, on roulait sur une route défoncée. Le directeur du foyer en personne m'accompagnait. Il souriait de toutes ses dents en or et fumait des Kosmos (il ne fumait que des Kosmos). Il fumait et regardait droit devant lui par la fenêtre.

On me sortit du bus dans mon fauteuil roulant. Quand même, j'étais un invalide privilégié. Ceux qui quittaient le foyer n'avaient pas le droit d'avoir leur fauteuil. On les emmenait chez les vieux sans leur fauteuil, on les posait sur un lit et on les laissait. D'après la loi, l'asile de vieux avait l'obligation dans un délai d'un an de procurer à l'invalide un fauteuil roulant, mais ça c'était la loi.

Dans l'asile de vieux où on venait de me conduire, il y en avait un, en tout et pour tout. Un pour tout le monde. Ceux qui pouvaient sans aide passer du lit au fauteuil se "promenaient" à tour de rôle. La prétendue promenade s'arrêtait au perron du bâtiment.

C'est l'automne. Septembre. Il ne fait pas encore froid. Un bâtiment bas en bois, construit avant la Révolution. Pas de palissade. Dans la cour recouverte de mauvaises herbes rôdent d'étranges personnages en haillons, en bonnet à oreillettes et capote.

Un chœur. Un chœur permanent de voix de vieilles femmes. On ne les voit pas. Elles restent toujours dans le bâtiment. Le chant arrive de l'intérieur.

Oh, l'obier a fleuri
Dans le champ près du ruisseau
Je suis amoureuse
D'un beau jouvenceau...

Jamais. Jamais, ni avant ni après, je n'ai entendu un chant si plaintif, si résigné. Quand j'étais dans le bus, que nous roulions, j'étais inquiet. Après avoir entendu ce chant, l'inquiétude se changea en apathie. Je n'éprouvai qu'indifférence.

On poussa mon fauteuil à l'intérieur. Dans le couloir il faisait sombre, ça sentait la souris et l'humidité. On me fit entrer dans une pièce, on m'y laissa seul.

Une pièce assez petite. Des murs lépreux. Deux lits en fer et une table en bois.

Un peu plus tard, le directeur du foyer entre dans la pièce accompagné d'un responsable de l'asile de vieux et d'une *niania*. A sa blouse bleu foncé, je comprends que c'est une *niania*.

Elle s'approche de moi. Elle m'examine attentivement.

— Oh là là, qu'est-ce qu'il est jeune ! Qu'est-ce qui se passe ! On nous en amène des comme ça, maintenant ? Qu'est-ce qui se passe ! Les gens n'ont vraiment plus honte de rien.

Et elle s'en va.

Le directeur du foyer fume nerveusement. Il reprend d'un air affairé la conversation interrompue.

— Peut-être que tu pourrais quand même le prendre, non ? Tu me rendrais vraiment service.

— C'est même pas la peine de demander. Comprends-moi bien, il a seize ans aujourd'hui, c'est ça ?

— Quinze, je le corrige machinalement.

— Quinze, consent l'homme. Il va mourir chez moi dans un mois, deux maximum. Je n'ai le droit d'inhumer que des individus de plus de dix-huit ans. C'est quand même un asile de vieux, tu comprends. Où vais-je le mettre pendant ces deux ans ? Et puis tous les frigos sont cassés. Ils sont cassés, tu comprends, et puis rappelle-toi, rappelle-toi ce que tu m'as répondu l'an passé quand je t'ai demandé de l'aide à propos de mes frigos. Tu t'en souviens ? Alors, ne me demande rien, maintenant. Emmène-le au diable, à l'internat pour retardés mentaux, eux, ils ont le droit d'enterrer des nouveau-nés si ça leur chante.

— Ne prends pas de décision hâtive, nous en reparlerons. Il faut que je passe un coup de fil.

Et ils s'en vont.

Je suis assis là, seul. C'est le crépuscule. Dans le couloir, un chat passe en courant.

Soudain, la pièce s'emplit d'une odeur étrange et répugnante. Ça pue de plus en plus. Je ne comprends pas ce qui se passe.

Entre la *niania* avec un plateau. Elle pose le plateau sur la table, allume la lumière. J'ai l'honneur de voir la source de l'étrange odeur. C'est de la purée de pois. Une gluante boule verdâtre dont l'aspect va de pair avec l'odeur. A part la purée, il y a une assiette de bortsch et un bout de pain. Pas de cuiller.

La *niania* regarde le plateau, remarque l'absence de cuiller. Elle sort. En rapporte une. Une cuiller toute maculée de purée de pois desséchée. La *niania* arrache la croûte de mon bout de pain et en essuie négligemment la cuiller. Elle la jette dans la soupe.

Elle s'approche de moi. Me considère fixement.

— Non, celui-ci ne passera pas l'hiver. C'est sûr.

— Excusez-moi, dis-je. Mais pourquoi fait-il si sombre ici et pourquoi ça souffle de la fenêtre ?

— C'est parce qu'ici tu es en quarantaine, une bonne chambre, et pas loin du poêle. Après, on va te donner une place dans la salle commune avec les autres invalides. Là-bas effectivement ça souffle. C'est bien ce que je disais : tu ne passeras pas l'hiver. C'est qu'elle est vieille, la maison.

— Et des chats, vous en avez beaucoup ?

— Il n'y a pas de chats ici.

— Mais je viens d'en voir un courir dans le couloir.

— Ce n'était pas un chat. C'était un rat.

— Comment ça, un rat ? En plein jour ?

— Et alors ? Il y en a jour et nuit. La journée encore ça va mais la nuit, quand ils galopent dans le couloir, nous nous enfermons dans notre chambre et nous avons peur d'en sortir. Et ils sont mauvais, ils ont dévoré les oreilles d'une vieille impotente récemment. Mais mange, ça va être froid.

Et elle sort.

J'approche l'assiette de moi et j'avale machinalement le bortsch. De la merde. Ce bortsch, c'est de la merde. Cette purée, c'est de la merde. La vie, c'est de la merde.

Je suis assis là à vaguement réfléchir. Soudain, le directeur entre en courant dans la pièce. Il se frotte joyeusement les mains.

— Alors voilà, Gallego, on ne te garde pas ici et c'est tant mieux. Tu retournes avec moi au foyer. Tu veux revenir ?

— Oui.

— Eh bien, tu n'as pas tort.

Il regarde les assiettes encore pleines.

— Tu arriveras encore à temps pour le dîner. Et puis nous ne t'enverrons pas non plus à l'internat pour malades psychoneurologiques. Vu ?

Et il répète lentement : "Ga-lle-go."

Je le corrige :

— Gonzalez Gallego.

— De quoi ? C'est toi qui me fais la leçon ? J'ai dit Gallego, donc c'est Gallego.

Nous arrivons au foyer. A temps pour le dîner.

— Alors ? Raconte ! Comment c'est là-bas ? me questionne un gars en fauteuil roulant pendant le dîner.

— Cette nuit, dis-je. Cette nuit, je te raconterai.

LA LANGUE

L'asile de vieux. C'est une maison pour les vieillards. Pour moi, c'est la maison du dernier refuge, le havre ultime. La fin. Le cul-de-sac. Je copie dans un cahier les verbes anglais irréguliers. Dans le couloir on pousse une civière avec un cadavre. Les grands-pères et les grands-mères discutent du menu du lendemain. Je copie dans mon cahier les verbes anglais irréguliers. Les invalides de mon âge ont convoqué une réunion du komsomol*. Le directeur de l'établissement a ouvert la séance dans la salle des fêtes par une allocution consacrée au sempiternel anniversaire de la grande révolution socialiste d'Octobre. Je copie dans mon cahier mes verbes irréguliers. Un pépé, un ancien détenu, a fracassé à coups de béquille, au cours de l'une de leurs sempiternelles soûleries, le crâne de son voisin de dortoir. Une grand-mère, médaillée du travail, s'est pendue dans un placard. Une femme en fauteuil roulant a avalé une poignée de somnifères afin de quitter pour toujours ce monde régulier. Je copie les verbes irréguliers anglais.

* Jeunesses communistes.

Tout est dans les règles. Je ne suis pas un être humain. Je n'ai rien mérité d'autre, je ne suis devenu ni conducteur de tracteur, ni savant. On me donne à manger par pitié. Tout est dans les règles. C'est la règle, règle, règle.

Seuls les verbes sont irréguliers. Têtus, ils s'alignent dans mon cahier, se faufilent à travers le crépitement du brouillage de la radio. J'écoute les verbes irréguliers de cette langue illégale qu'est l'anglais. C'est un speaker illégal qui les lit depuis une Amérique illégitime. Et moi, personne irrégulière dans ce monde rigoureusement réglé, je m'entête à étudier l'anglais. Comme ça, pour rien, pour ne pas devenir fou, pour ne pas me plier à la règle.

LA CANNE

L'asile de vieux. Un lieu effroyable. Par impuissance et désespoir les gens deviennent durs, leurs âmes se recouvrent d'une carapace impénétrable. Personne ne s'étonne plus de rien. Le quotidien d'un asile ordinaire.

Quatre *niania* poussaient un chariot de linge. Sur le chariot était assis un grand-père qui hurlait comme un perdu. Il avait tort. Il n'avait qu'à s'en prendre à lui-même. La veille, il s'était cassé la jambe et l'infirmière-chef avait ordonné de le transférer au second. Le second, pour un homme avec une jambe cassée, c'est un arrêt de mort.

Au premier, il avait laissé ses compagnons de boisson ou tout simplement ses connaissances. Au premier, la nourriture était régulièrement distribuée, les *niania* sortaient les bassins. Ses amis capables de se déplacer pouvaient appeler le médecin ou la *niania*, rapporter des biscuits du magasin. Au premier, on avait la garantie de survivre avec des mains valides, de tenir jusqu'à ce que votre jambe guérisse, jusqu'à ce qu'on vous compte à nouveau au nombre des "ambulants", qu'on vous réinscrive sur le registre des vivants.

Le vieux criait d'une voix menaçante, rappelait ses exploits d'antan sur le front, faisait état de ses quarante ans de travail à la mine. Il menaçait sérieusement de se plaindre aux autorités. Les mains tremblantes, il tendait vers les *niania* une poignée de médailles et de décorations. Pauvre fou ! Qui se souciait de ses breloques ?

Le chariot roulait inexorablement vers l'ascenseur. Les *niania* ne l'écoutaient pas, elles faisaient leur travail. Les cris du grand-père s'atténuèrent, il cessa de menacer. S'agrippant désespérément à sa misérable vie, il ne faisait plus que supplier. Il implorait qu'on ne le déménage pas au second justement aujourd'hui, qu'on attende quelques jours. "Ma jambe se remettra bien vite, je vais pouvoir marcher", l'ancien mineur essayait en vain de toucher le cœur des *niania*. Puis il fondit en larmes. Un bref instant, un seul instant, il s'était souvenu qu'il avait été un homme un jour. Dans un sursaut, il se redressa du fond du chariot et s'agrippa férocement à la porte de l'ascenseur. Mais que peuvent des mains de vieillard contre la force de quatre fortes femmes ? C'est ainsi que, pleurant et gémissant, elles le poussèrent dans l'ascenseur. Fini. Il y avait un homme – il n'y en a plus.

Les pensionnaires échouaient chez nous par des voies différentes. Certains étaient amenés par leur famille, d'autres venaient d'eux-mêmes, las de lutter contre les vicissitudes de la vie en liberté. Seuls les *zek** n'étaient pas perturbés, c'était plus simple pour eux que pour les autres, ils se sentaient chez eux à l'asile. Ces anciens détenus, ces vieux loups qui n'avaient, dehors, ni toit ni famille

* Acronyme pour prisonnier du goulag.

à retrouver arrivaient directement chez nous après avoir fini de purger leur peine.

Dès le matin, du bruit, des cris. Les *niania* abreuvent d'injures un petit vieux agile tout desséché. Elles ont tort de crier. Le vieux n'a vraiment pas voulu leur donner du travail en plus.

Tout était comme d'habitude. Il jouait aux cartes avec son voisin de dortoir en buvant de la vodka. Soit qu'il ait eu une mauvaise carte, soit que son voisin ait voulu le truander, ça on ne le saura jamais, toujours est-il qu'il avait lancé sa canne à la tête de son compagnon de bouteille de telle sorte que le sang s'écoulant de la blessure à la tête avait inondé non seulement la pièce mais aussi les toilettes où s'était traîné le joueur de cartes amoché, de même que le couloir y conduisant. Il ne voulait pas salir le sol, il ne le voulait pas, ça s'était trouvé comme ça.

Ce petit vieux, dès son arrivée dans l'établissement, avait coulé du plomb dans sa canne en fer-blanc tout ce qu'il y a d'ordinaire, et il s'appuyait dessus pour marcher. Ses trente ans de prison lui avaient appris à se soucier de sa sécurité. Et une bonne canne bien lourde n'est pas de trop au cours d'une bagarre. Il aimait son instrument, il aimait avoir sous la main l'assurance absolue de son invulnérabilité. Quant au sol souillé, il s'en excusait très sincèrement. On lui pardonna, mais pour lui éviter la tentation, on le transféra tout de même dans une chambre à part.

Comme toujours, dès l'aube, les *niania* se répandent en cris. Tout va bien, rien de grave. Le vieux *zek* a eu une hémorragie cérébrale. Une hémorragie, c'est du sérieux. Il se réveille, et voilà que la moitié droite de son corps n'obéit plus à son cerveau endommagé. Sa main droite pend comme une corde molle, sa jambe droite comme en plomb est incapable du moindre mouvement. Le visage barré par un rictus et la terrible sentence : "Au second !" L'infirmière-chef affairée court dans tous les sens, elle donne ses instructions. Les *niania* de bonne humeur qui, elles, ont eu le temps de prendre leur petit-déjeuner, arrivent sans se presser pour exécuter les ordres venus d'en haut. Pas la peine de se bousculer, le vieux ne va pas se sauver.

Seulement, le *zek* n'était pas pressé de rejoindre l'autre monde. Il n'en avait pas assez du soleil, il n'avait pas encore éclusé toute sa ration de vodka. Il avait attrapé sa canne de la main gauche en gémissant péniblement et il était là, étendu, à attendre.

Les *niania* entrèrent. Saisies, elles regardèrent interloquées le vieux qui les menaçait de son bâton levé.

Le *zek* de but en blanc, en les voyant arriver, sans leur laisser le temps de réaliser, se mit à parler. Le regard douloureux et lourd de la bête traquée, la lourde canne ne tremble pas dans la main du vieil homme.

— Alors ? Vous êtes venues me prendre, salopes ? D'accord, approche. Tu veux être la première ? Ou toi peut-être ? Je vais te fracasser le crâne, promis juré ! Si je ne te tue pas, au moins je t'aurai arrangée.

Et il les regardait avec assurance, fixement. Il comprenait bien, le bonhomme, qu'il bluffait. Que pouvait-il faire, lui, paralysé, contre ces quatre fortes filles de la campagne ? Il aurait suffi qu'elles se jettent sur lui toutes ensemble pour lui retirer son bâton. Seulement aucune ne voulait y aller la première. Elles avaient peur d'être estropiées, elles avaient peur de son bâton. C'était qu'il était capable de frapper, le criminel. Il n'aurait pas pitié.

Les femmes n'hésitèrent pas un instant, elles sortirent toutes sans demander leur reste. L'infirmière-chef courait en tous sens dans le couloir, criait après elles, tentait de les convaincre – en vain. Elles lui firent comprendre qu'elle n'avait qu'à y aller elle-même, lui prendre son bâton. Prise d'une rage impuissante, l'infirmière-chef appela l'agent de police du quartier. Ce dernier, un homme posé, à quelques années de la retraite, arriva d'urgence, l'allure militaire, le pistolet à la ceinture.

Une fois dans la chambre, il jeta un coup d'œil au fauteur de troubles. Sur un lit était étendu un petit vieux tout sec qui, Dieu sait pourquoi, tenait à la main une canne.

— Alors, on trouble l'ordre public ?

— Que dites-vous là, chef ? Quel ordre ? Vous voyez pas dans quel état je suis ?

Le policier se pencha sur le malade, repoussa le drap.

— On a fait venir le médecin ?

— Une infirmière est venue, elle a fait une piqûre.

— Et moi, pourquoi je suis ici ?

— Enlevez-lui donc sa canne, intervint l'infirmière-chef, le reste nous le ferons toutes seules.

— Sortez, citoyenne, ne gênez pas l'enquête, la fit taire le policier.

Il referma la porte, approcha une chaise du lit et s'assit.

— Les gardes-chiourme des camps étaient plutôt mieux que ces furies, commençait à se justifier le *zek.* Elles veulent me transférer au second. Elles ont un mouroir, là-bas.

— Qu'as-tu fait pour ça ?

— Comment savoir… Les bonnes femmes…

— Les bonnes femmes, répéta l'agent songeur, moi je ne les comprends pas.

Ils restèrent silencieux un petit moment, puis l'agent se leva et sortit de la pièce.

— Alors voilà, citoyennes. J'ai eu une conversation rééducative avec votre protégé, il a promis de s'amender et de ne plus troubler l'ordre public. Mais, s'il venait à commettre quelque chose de grave, n'en doutez pas, nous viendrions, nous établirions un procès-verbal, et il serait sanctionné avec toute la sévérité que requiert la loi.

Il remit sa casquette bien en place, jeta un regard mauvais aux bonnes femmes en blouse blanche et se dirigea vers la sortie.

Quant au grand-père, il se remit de son attaque. Fut-ce grâce aux piqûres d'une infirmière compatissante ou à sa soif animale de vivre, toujours est-il qu'il fut arraché à l'autre monde et commença peu à peu d'abord à s'asseoir, puis à se mettre debout. On le voyait déambuler dans l'asile, traînant sa jambe paralysée, tenant résolument sa canne dans la main gauche. Une bonne canne, bien lourde, est une chose admirable et à toute épreuve.

LA PÉCHERESSE

L'asile de vieux. Le jour se fond en nuit, la nuit se mue en jour. Les saisons se confondent, le temps passe. Rien ne se passe. Rien qui surprenne, toujours les mêmes visages, les mêmes conversations. Parfois seulement, dans la réalité trop connue, une petite vague, une ébauche de révolte et cela donne quelque chose de complètement inhabituel qui ne cadre pas avec la simplicité de nos idées coutumières.

Elle était là depuis toujours, depuis la création de l'établissement, apparemment. Modeste et douce, une toute petite personne dans ce grand monde cruel. Une petite femme. Pas plus grande qu'une enfant de cinq ans. Mains et pieds minuscules, frêles attaches qui ne lui permettaient pas de marcher. Etendue sur le ventre sur une petite planche à roulettes, c'est en repoussant le sol des pieds qu'elle se déplaçait.

Cette femme travaillait dans l'atelier funéraire, car nous en avions un comme ça, attaché à notre triste maison. C'étaient nos petites vieilles qui fournissaient en décorations funéraires, couronnes de fleurs artificielles et autres pacotilles presque tous les défunts de notre bourgade. Les couronnes, on pouvait aussi les commander à l'atelier du cimetière, mais tous s'entendaient pour dire que les couronnes y étaient plus chères, bâclées nonobstant le respect dû à des objets si délicats et si importants. Année après année, elle froissait du papier crépon pour en faire, méticuleuse, de délicates petites fleurs dont elle tressait des couronnes mortuaires. Expression respectueuse d'un touchant souci pour les morts.

Personne ne faisait jamais de mal à cette malheureuse, le personnel de l'asile de vieux ne prêtait aucune attention à la petite planche qui rampait lentement dans le couloir. Elle ne demandait d'aide à personne, se débrouillait pour aller toute seule jusqu'aux toilettes et au réfectoire. Les alcooliques les plus violents qui terrorisaient régulièrement les habitants de l'asile n'osaient s'en prendre à cet être sans défense.

Telle était son existence. Le jour, elle fabriquait ses petites fleurs pour les morts, le soir elle faisait des petites serviettes en dentelle ou brodait au plumetis. Jour après jour, année après année. Une existence normale. Petit à petit elle avait adapté à sa modeste taille le modeste réduit où elle logeait. Un matelas à même le sol, une table basse, une chaise de poupée, des serviettes en dentelle et des coussinets brodés.

Mais voilà, elle avait vécu longtemps, trop longtemps. La vieille dame avait largement dépassé la quarantaine. C'était trop. Après une des multiples réunions de direction, il fut décidé qu'il était grand temps de la transférer au second, conformément aux dispositions habituelles. Un tour de roue normal dans une machine bien rodée. Et au second on la mettrait sur un grand lit de dimensions normales dans la même chambre que trois agonisantes, où on la laisserait mourir lentement. On lui enlèverait son unique bien, la liberté de subvenir à ses besoins toute seule.

Elle avait vécu dans la plus grande discrétion toute sa vie, elle n'avait jamais rien demandé à la direction. Et là, tout à coup, chaque jour, elle s'était mise à s'inscrire pour obtenir un rendez-vous avec le directeur. Des heures durant, elle faisait la queue puis, ayant obtenu selon son droit le plus strict d'être reçue, elle le priait de ne pas l'expulser de sa chambrette, le suppliait de lui laisser finir ses jours dans son environnement habituel. Invariablement, on l'écoutait jusqu'au bout, et invariablement, on lui opposait un refus, ensuite on entreprit carrément de la chasser de la file d'attente.

La nuit avant la date prévue pour son transfert, elle se pendit à la poignée de la porte. Une pécheresse.

L'OFFICIER

Ce jour-là, on amena un nouveau à l'asile de vieux. L'homme, grand, fort, dépourvu de jambes, était installé dans une petite caisse à roulettes, à ras du sol. L'air sûr de lui, il jeta un regard alentour et pénétra sans se presser dans le bâtiment. Il s'orienta aussitôt, sans l'aide de personne. Il passa lentement en revue, pièce après pièce, les deux étages de notre bâtiment. Il commença par le réfectoire. C'était l'heure du déjeuner. Il regarda ce qu'on servait, eut un sourire amer et s'abstint de manger. Il prit l'ascenseur et monta jusqu'au second, l'étage des condamnés, le mouroir. Sans panique et sans manifester d'émotion superflue, il jetait un coup d'œil dans chaque chambre, il ne se bouchait pas le nez, dégoûté, et regardait la réalité en face. Il vit, abandonnés à leur sort, les vieux, étendus, immobiles sur leurs lits, entendit les gémissements et les cris. Vers le soir, il retourna dans la chambre qui lui avait été attribuée, s'étendit sur le lit.

Une bonne chambre au premier. Avec un seul voisin de lit. Sur la porte, une jolie petite plaque avec l'inscription : "Ici habite un vétéran de la grande guerre patriotique." Des conditions de vie correctes. Trois repas par jour que l'on pouvait prendre au réfectoire, ce qu'on y servait était mangeable, le soir on pouvait regarder la télévision avec les autres. Le reliquat de sa retraite couvrirait largement les besoins modestes du vieil homme : cigarettes, thé, biscuits. Si l'envie lui en prenait, rien ni personne ne l'empêcherait d'acheter de la vodka et de partager la bouteille avec son voisin de chambre, d'évoquer le passé, de se raconter l'un à l'autre quels hommes ils étaient autrefois, comment ils avaient combattu, comment ils en étaient sortis vainqueurs, ils s'en sortaient toujours vainqueurs. Tout cela serait possible tant qu'il lui resterait assez de forces dans les bras pour faire rouler sa petite caisse jusqu'aux toilettes. Tant que sa main pourrait tenir une cuiller. Tant qu'il lui resterait assez de vie pour, chaque jour, se battre et conserver le droit de se considérer comme un homme.

Ce jour-là, ils n'avaient pas de vodka. Le voisin qui lui était échu se trouva être un brave homme. Depuis longtemps résigné à son existence dans cette institution, le placide petit vieux écouta toute la soirée et une partie de la nuit l'histoire du nouveau. Le cul-de-jatte relatait sa vie point par point, d'une voix claire de militaire habitué à donner des ordres. Mais, quel que soit l'épisode qu'il commençât à raconter, il en revenait toujours au même – pendant la guerre, il avait été officier de reconnaissance.

Ah ! les officiers de reconnaissance ! Des combattants aguerris et courageux, les meilleurs parmi les meilleurs, les meilleurs vraiment. L'élite. Ils traversaient les champs de mines pour pénétrer sur le territoire ennemi et s'enfoncer loin sur ses arrières. Tous ne revenaient pas, ceux qui revenaient repartaient sur les arrières de l'ennemi encore et encore. A la guerre comme à la guerre. Ils ne fuyaient pas la mort, ils accomplissaient leurs missions, faisaient tout ce qu'on leur ordonnait. La mort n'est pas le pire qui puisse arriver à un homme. Ils craignaient plus que tout d'être faits prisonniers, la honte, l'humiliation et l'impuissance. Chez les éclaireurs, on n'était jamais ni prisonnier, ni blessé. Les instructions stipulaient que tout homme ralentissant l'avance du groupe devait se supprimer. C'était juste. La mort d'un seul vaut mieux que la mort de tous. Lui se tuait, les autres continuaient à avancer pour remplir leur mission qui était de vaincre l'ennemi, de venger leur pays, leurs amis morts au combat et celui qui volontairement avait quitté la vie au nom de la cause commune. Si sa blessure était trop grave pour lui permettre de se tuer lui-même, il se trouvait toujours un ami auprès de lui bien obligé de l'aider. Un véritable ami, pas une mauviette ni un compagnon de beuverie ou un voisin de palier. Un qui ne trahirait pour rien au monde, prêt à partager son dernier bout de pain, à céder son avant-dernière cartouche.

L'officier racontait, racontait encore. Comment il avait sauté sur une mine. Comment il avait prié son ami : “Achève-moi.” Ce tragique épisode était survenu non loin de la frontière et son ami avait réussi à le traîner jusqu'à nos lignes : une dizaine de kilomètres, un rien. Il raconta comment toute sa vie il avait eu peur d'être une charge, qu'il avait travaillé à coudre des jouets en peluche dans un artel. Qu'il s'était marié et avait élevé ses enfants. C'étaient de bons enfants mais qui n'avaient plus besoin maintenant d'un vieux cul-de-jatte.

Au petit matin, l'officier se coupa la gorge avec un canif. Cela lui prit beaucoup de temps. Le couteau était petit, la lame émoussée. Le pauvre vieux, son voisin d'infortune, n'entendit rien à travers son sommeil qu'il avait très léger. Pas un son, pas une plainte.

C'est ainsi que mourut l'ancien officier de reconnaissance. Une mort correcte, selon le règlement. Seulement, il n'y eut pas à son côté de véritable ami pour fumer avec lui la dernière cigarette, pour lui tendre le revolver et s'éloigner avec tact de quelques pas pour ne pas le gêner. Il n'y eut pas cet ami à ses côtés. Non. Non. Dommage.

LA NOURRICE

Les vieilles femmes mouraient au printemps. Elles mouraient en toutes saisons, constamment, mais quand même plus, justement, au printemps. Avec le printemps, il faisait moins froid dans les dortoirs, on ouvrait portes et fenêtres, on laissait entrer l'air frais dans l'univers rance de l'asile. Au printemps, la vie devenait plus facile. Or les vieilles femmes qui s'étaient obstinément accrochées à la vie pendant l'hiver avaient précisément attendu le printemps pour faiblir, se soumettre à la volonté de la nature et mourir tranquillement. Les hommes étaient beaucoup moins nombreux à l'asile. Eux mouraient sans s'intéresser aux changements de saison. Ils n'aspiraient pas à tenir jusqu'au printemps. Si la vie leur refusait un dernier petit plaisir sous forme de bouteille de vodka ou de quelque chose de bon à grignoter, ils partaient pour l'au-delà sans résister.

Je suis assis dans la cour de l'institution. Seul. Je ne m'ennuie pas, pas du tout. Je regarde le printemps. Je suis jeune, je suis sûr que je passerai encore de longues années sur terre. Le printemps pour moi n'a pas le même sens que pour les vieilles personnes.

Quelqu'un apparaît sur le seuil. Une vieille femme toute décrépite avance en prenant appui sur le dossier d'une chaise. D'un mouvement brusque, elle redresse tout son corps, soutenue un instant par ses seules jambes, avec ses mains elle pousse la chaise en avant. Ensuite, s'appuyant lourdement dessus, elle traîne lentement ses pieds jusqu'à la chaise. Elle a jeté un regard autour d'elle et n'a vu personne de connaissance, alors elle se dirige résolument de mon côté. Encore un interlocuteur, encore une histoire.

La grand-mère arrive jusqu'à moi, place sa chaise en face de mon fauteuil roulant, s'assied lentement, difficilement.

Toute la guerre elle a travaillé au kolkhoze. Elle travaillait du matin au soir. On ne les payait pas en argent. Quel argent d'ailleurs ? Un seul but : tout pour le front, tout pour la victoire. En échange des journées de travail on recevait des céréales. Avec les céréales, on faisait de la bouillie. Rien que de la bouillie, rien d'autre. Même du pain il n'y en avait pas. Après la guerre, la vie devint un peu plus facile. Son mari revint, vivant et entier. Ils s'en furent, son mari et elle, à la ville. Son mari faisait le chauffeur, elle s'embaucha dans une usine textile. En ville, son mari devint rapidement alcoolique et mourut. La femme se souvenait de sa vie à la ville comme des plus belles années de son existence. Après tes huit heures de travail par jour, tu es libre. A l'usine, il y a un déjeuner chaque jour : une entrée, un plat chaud et de la compote. C'est bien. Après le travail, tout le monde à l'usine, volontaire et bénévole, allait creuser les fondations pour les nouvelles cités. Cela s'appelait "répondre à l'appel des komsomols". Elle m'énuméra avec fierté les cités à la construction desquelles elle avait participé. On creusait les fondations jusque tard dans la nuit, en hiver sur les chantiers on allumait des projecteurs. Et tout se faisait bénévolement, dans la joie. Le soir, elle revenait chez elle, mangeait quelque chose et s'écroulait sur son lit. Le matin, à nouveau – l'usine. Le dimanche, c'était le cinéma. La vie était belle en ce temps-là.

Elle avait pris sa retraite à soixante ans. Sa vue avait baissé et elle ne pouvait plus coudre à l'usine. Six mois plus tard elle avait été terrassée par une hémorragie cérébrale. Les voisins l'avaient transportée à l'asile de vieux. Elle avait pensé que ça y était, que c'était la fin. Et là, sa voisine de dortoir avait demandé à boire. Elle s'était levée lentement, avait aidé sa voisine, bu elle-même un peu, on aurait dit qu'elle se sentait mieux. Elle avait pris le temps de bien regarder autour d'elle à l'asile. Tout était parfait. Un toit sur la tête, de quoi manger. Un seul point noir : tout allait bien tant que les jambes tenaient le coup. Une fois grabataire, il n'y avait personne pour vous aider. On vous posait une assiette de bouillie sur la table de nuit, pour le reste tu te débrouilles. Tu peux toujours crier, personne ne viendra. Elle eut peur. Elle avait toujours travaillé de ses mains, c'était un besoin. Elle se mit à passer de chambre en chambre, elle nourrissait à la cuiller les grabataires. Elle commençait sa tournée journalière après le petit-déjeuner. Elle n'avait pas eu le temps de le distribuer à tout le monde que c'était déjà l'heure du déjeuner, puis du dîner. Jour après jour, du petit-déjeuner jusqu'au dîner. Elle n'avait pas le temps de tous les nourrir. Elle décida à part soi qu'elle ne donnerait à manger qu'aux plus faibles, uniquement à ceux qui étaient aux portes de la mort. Aux moins affaiblis, elle mettait dans la main un bout de pain du repas de midi. Un bout de pain dans la main, tu peux encore survivre.

Dans les salles, la puanteur, odeur de décomposition et de mort. Les vieilles femmes demandaient souvent le bassin, certaines parfois qu'on les change. Elles demandaient le bassin plus souvent qu'à manger, plus souvent qu'à boire. Elle refusait. Elle avait décidé une fois pour toutes qu'elle ne ferait que les nourrir. Elle jetait un coup d'œil dans la chambre, demandait si on avait besoin d'elle pour manger. Les réactions à cette question inoffensive étaient diverses. Certains répondaient fièrement, avec quelque chose de métallique dans la voix, que chez eux tout le monde était capable de se déplacer, ils traitaient la nourrice de tous les noms, lui criaient après. On disait en effet que lorsqu'elle entrait dans une chambre, c'était un mauvais présage, qu'elle annonçait la mort. Elle ne s'en offusquait pas, poursuivait sa tournée, de chambre en chambre.

Ceux qui avaient vraiment besoin d'elle étaient les pires. Eux qui lui avaient crié après, l'avaient insultée et chassée lorsqu'ils avaient encore quelque force, maintenant qu'ils se retrouvaient impuissants, l'appelaient à l'aide plus fort que les autres, la suppliaient de les nourrir, se fâchaient quand elle n'était pas à l'heure pour le déjeuner. Ils avalaient rapidement cuillerée après cuillerée en surveillant leur portion en catimini pour voir si la nourrice ne s'en prenait pas un peu pour elle. Ceux-là duraient longtemps, dans l'urine et les excréments, pourrissants, couverts d'escarres et d'ulcères. Mais vivants. Ils vivaient des années durant. Ils perdaient la raison, ils ne reconnaissaient plus leur bienfaitrice, mais s'entêtaient tout de même à ouvrir la bouche vers la cuiller de bouillie, avalaient gloutonnement, le regard fou fixé sur le vide.

La nuit tombait. Nous n'avions pas vu le temps passer.

— Grand-mère, depuis combien de temps donnez-vous donc à manger aux autres ?

— Trente-deux petites années. A Pâques, cela fera trente-trois. Je compte tout. Tout.

— Mais vous êtes une héroïne ! dis-je avec admiration. Trente-deux ans ! Servir les gens comme ça de façon désintéressée !

— Désintéressée ?

Le corps de la nourrice fut secoué d'un petit rire muet. Elle se signa rapidement trois fois, se mit à murmurer une prière.

— Vous êtes bêtes, quand même, vous les jeunes. Vous ne comprenez rien, ni à la vie ni à la mort.

Elle me regarda de ses petits yeux méchants, observa attentivement mes bras.

— Tu manges tout seul ?

— Oui.

Elle soupira. On voyait qu'elle avait vraiment envie de partager son secret avec quelqu'un.

Détournant le regard, circonspecte, elle me confia d'un trait, d'une voix distincte, en mots rapides et précipités :

— Désintéressée, dis-tu ? Je l'ai été. De l'argent, on m'en a proposé, il n'y a pas que des gens sans famille ici. Leurs parents venaient, ils me fourraient leur sale argent dans la main. Seulement, moi, je ne le prenais pas. S'ils me l'avaient mis dans la poche sans que je m'en aperçoive, je donnais tout aux vieux, jusqu'au dernier kopeck. A ceux qui n'avaient plus leur tête, j'achetais des bonbons et je les leur faisais manger. Je n'ai pas leur argent sur la conscience et je n'ai aucun besoin de leur reconnaissance. J'ai fait un vœu. Au début, quand je suis arrivée ici, je leur donnais à manger comme ça, par bêtise. Et puis, un jour que je venais en nourrir une, elle me dit : Donne le bassin. Je lui ai répondu que je ne donnais pas le bassin, seulement à manger. Bon, dit-elle, fais-moi manger. Elle remplit sa bouche de pain, le mâcha et me le cracha au visage. J'en avais plein la figure. Et maintenant, me dit-elle, fixe-moi bien fort la mâchoire avec ce fichu, pour que je ne meure pas la bouche ouverte. Je ne mangerai plus, me dit-elle. J'allai la voir tous les jours au cas où elle aurait changé d'avis mais elle se contentait de me regarder, l'air sévère, et détournait la tête. Elle est restée comme ça deux semaines, à mourir. C'est alors que j'ai fait le vœu de consacrer tout mon temps à les nourrir tous. Après elle, il y en a eu beaucoup pour refuser de manger et je m'y suis faite. Seulement celle-là, la première, je m'en souviens. Et ce vœu je l'ai fait pour mourir tranquille, sans souffrir. Je suis faible, je n'aurai pas assez de force pour recracher le pain. Et rester étendue et faire sous moi, ça m'horrifie. Ça m'a fait terriblement peur à l'époque. Et toi, tu dis : désintéressée.

LE LAISSEZ-PASSER

L'asile de vieux. Ce n'est ni un foyer, ni un hôpital. Une solide palissade en panneaux de béton armé, un portail d'acier. La maison se trouve à la lisière de la ville. Comme voisins – une colonie pénitentiaire pour criminels de droit commun. Chez eux, tout est clair, il y a des prisonniers et des barbelés. Ils ont de la chance, les prisonniers, ils purgeront leur peine et retrouveront la liberté. Nous, nous n'avons rien à espérer. C'est un établissement fermé. L'entrée est interdite aux personnes étrangères. Les internés ne peuvent pas passer le portail de l'établissement sans l'autorisation écrite du directeur. Une autorisation standard, avec signature et tampon. Le portail est scrupuleusement surveillé par un ex-maton du camp voisin. Trop vieux pour travailler pour les "services de sécurité" mais encore bon pour nous. Assis peinard, toute la sainte journée, de temps en temps, tu as à ouvrir le portail aux chefs. Un travail simple qu'il connaît bien et une rallonge non négligeable à la pension.

Les plus costauds, les plus agiles faisaient le mur ou creusaient des tunnels. Par contre pour nous, les invalides en fauteuil roulant, ce malheureux portier était un vrai cerbère.

Un jeune infirme commanda un jour un taxi. Il s'était entendu d'avance avec ses amis pour qu'ils l'installent dans la voiture. Trois jours avant le voyage, il s'était procuré un laissez-passer. Tout était en ordre, tout était arrangé : ici on l'installerait dans la voiture, là-bas à l'arrivée il serait accueilli. Il était déjà dans le taxi, son fauteuil replié dans le coffre.

Ils roulèrent jusqu'au portail. Le chauffeur klaxonna. Le vieux sortit de sa guérite sans se presser, bas sur pattes, avec des petits yeux mauvais et perçants.

— C'est qui dans la voiture ?

Le chauffeur ne comprit pas la question.

— Un client.

— Il a un laissez-passer ?

Le chauffeur troublé prit la feuille des mains de l'infirme et la tendit au portier. Celui-ci étudia le document d'un œil exercé

— Tout est en ordre, il peut passer. Je le reconnais, il traîne souvent devant le portail. C'est juste que la dernière fois il était dans son fauteuil roulant et sans laissez-passer.

— Bon, mais maintenant, il en a un, non ? Ouvre le portail.

— Vous ne m'avez pas bien compris. Ici, il est écrit "laissez-passer pour sortir du territoire de l'établissement". C'est un document. Je dois le suivre à la lettre. S'il veut sortir, ce sera à pied, sinon tant pis. Sur le papier il n'y a rien sur le véhicule. Il ne quittera pas le territoire de l'établissement en voiture.

Le chauffeur est exaspéré. Cet homme plus tout jeune n'est pas habitué à perdre. Il fonce, rapproche le taxi du bâtiment, il entre. Après une demi-heure de discussion avec le directeur, il ressort avec le même document mais portant maintenant un rajout à l'encre dans la marge : "y compris en moyen de transport". Avec en plus dans un coin un nouveau tampon rond. L'infirme est content. Le directeur était sûrement de bonne humeur, ce jour-là. Selon le règlement, il aurait fallu annuler le laissez-passer, écrire une nouvelle demande d'autorisation et attendre plusieurs jours que soit résolu ce problème épineux. Le taxi se range devant le portail pour la seconde fois. Le maton examine attentivement le document corrigé, le rend au chauffeur et va ouvrir le portail de mauvaise grâce.

Ils roulent quelques minutes en silence. Soudain, le chauffeur arrête la voiture. Les mains agrippées au volant, il pousse un soupir. Sans regarder son client il parle dans le vide devant lui, il dit d'une voix tendue, presque méchante :

— Eh bien, mon gars, ne m'en veux pas, je ne te ferai pas payer. Et ça n'est pas parce que t'es infirme. J'ai fait trois ans de camp quand j'étais jeune, depuis je hais les flics.

Il arrête le compteur, repart à fond de train. La voiture roule à la vitesse maximum, loin de l'asile de vieux, loin du camp, du salaud de portier. C'est bien, c'est la liberté.

LE CON

Un arrêt de bus. Nous allons je ne sais plus où, ma femme et moi. Nous attendons le bus. Le bus arrive enfin, au volant un jeune gars qui porte des lunettes de soleil à la mode. Alla me soulève, pose son pied droit sur la marche, reporte tout le poids dessus. Brusquement, le chauffeur, avec un grand sourire à notre intention, démarre sur les chapeaux de roues. La violence du choc fait pivoter Alla sur elle-même, elle se retrouve à moitié à genoux avec moi tout de travers dans les bras. Elle ne tombe pas, ses cours de judo lui auront servi à quelque chose. Elle se redresse simplement, et me réinstalle dans le fauteuil roulant.

A l'arrêt, un bonhomme éméché ne peut pas se retenir de rire. Il rit longtemps et gaiement, puis il vient vers nous. Alla s'écarte, elle ne comprend pas comment je peux bavarder avec des gens pareils.

— Quel crétin, me dit-il.

— Pourquoi ?

— Mais parce que tu as un fauteuil roulant, tu peux voir le soleil, ces petits oiseaux sur le bitume alors que lui, on ne sait pas comment il sera après son accident. On ne sait jamais, il fait un métier dangereux.

Je mets du temps à comprendre. Je souris. Effectivement, quel con.

LA PÂTE A MODELER

Faire un papa, c'est facile. C'est plus simple qu'un champignon. Il suffit de prendre deux petites boulettes de pâte à modeler.

Quand j'étais petit, nous jouions avec de la pâte à modeler. Une grosse éducatrice nous distribua deux boulettes de pâte à modeler à chacun. De l'une il fallait faire un petit tuyau long, de l'autre une crêpe fine. Si on assemblait le petit tuyau et la crêpe, on obtenait un champignon. Une tâche simple, pour nous qui n'étions plus des bébés.

Je pose ma main sur la pâte. Je sépare les deux boulettes. J'essaie d'en travailler une sur la table. Sans succès. J'ai beau faire rouler la pâte, elle ne devient ni plus mince, ni plus épaisse. Je m'attaque à l'autre – le résultat est le même.

Les autres enfants s'en tirent plus ou moins bien. Les uns obtiennent un joli petit champignon bien droit, d'autres – un trop petit tout tordu. L'éducatrice s'approche de chaque enfant, donne à chacun un conseil, redresse chez l'un le chapeau, chez l'autre le pied. L'éducatrice vient près de moi.

— Qu'est-ce que tu nous as réussi ? demande-t-elle d'une voix caressante.

Je pose une boulette sur l'autre. A mon avis, maintenant, ma construction ressemble quand même un peu plus à un champignon.

— C'est quoi ça ? Qu'est-ce que tu as fabriqué là !

Elle prend ma pâte et de ses dix doigts valides la malaxe avec des petits mouvements rapides et adroits.

— Tu as compris, maintenant, comment il faut faire ?

Je hoche la tête. Maintenant, oui, j'ai compris.

— Et maintenant, les enfants, regardons qui a réussi le plus beau petit champignon de la classe. Le plus joli est celui de Ruben.

Des yeux, je fais le tour de la table. Le petit champignon là, devant moi, est effectivement le plus droit, le plus ressemblant. Je m'en moque. Ce n'est pas mon champignon.

Ma petite fille est en train de faire un papa en pâte à modeler. Faire un papa, c'est facile. C'est plus simple qu'un champignon. Il suffit de prendre deux boulettes de pâte tout à fait semblables, deux roues de fauteuil roulant.

— Et maintenant, les enfants, voyons qui a réussi le plus beau petit champignon.

JAMAIS

Jamais. Un mot terrible. Le plus terrible de tous les mots du langage humain. Jamais. Il ne se compare qu'avec le mot "mort". La mort est un grand "jamais". Le grand "jamais" de la mort efface tous les espoirs et tous les possibles. Plus de "peut-être" ou de "et si… ?" Jamais.

Je ne monterai jamais sur l'Everest. Il n'y aura pas de longues périodes d'entraînement, d'examens médicaux, ni de transferts, ni d'hôtels. Je ne pesterai pas contre le mauvais temps, les sentiers glissants et les pentes trop raides. Il n'y aura pas de paliers, de montagnes petites et grandes, il n'y aura rien. Peut-être si j'ai de la chance, beaucoup de chance, je verrai un jour le Tibet. Si j'ai vraiment beaucoup de chance, quelqu'un me déposera en hélicoptère au camp de base, j'aurai atteint là le premier "impossible" et le dernier. Je verrai les montagnes, ces fous d'alpinistes qui défient la nature ainsi qu'eux-mêmes. A leur retour, s'ils ont eu de la chance et qu'ils soient redescendus sans dommage, ils me raconteront joyeusement et quelque peu gênés comment tout était là-bas, au-delà de mon "jamais". Ils seront gentils avec moi, je le sais, je suis aussi fou qu'eux.

Tout sera formidable. Seulement voilà, moi, je ne pourrai jamais monter au sommet.

Je ne descendrai jamais en bathyscaphe dans la fosse de Mariansk. Je ne verrai pas combien c'est beau là-bas au fond de la mer. Tout ce qui me reste, ce sont les cassettes vidéo, les documentaires prouvant la persévérance et l'héroïsme de quelqu'un d'autre.

On ne me choisira pas non plus pour aller dans l'espace. Il faut dire que ça ne me fait pas très envie non plus de vomir et d'avoir la tête qui tourne pendant que je flotterais dans une étroite cabine métallique. Je n'en ai pas du tout envie, mais c'est frustrant quand même. Quelqu'un vole tout là-haut au-dessus de ma tête, pour moi c'est impossible.

Je ne pourrai jamais traverser la Manche à la nage. Je ne peux pas trop espérer non plus traverser l'océan Atlantique en radeau. Les chameaux du Sahara et les pingouins de l'Antarctique devront se passer de mon regard attentif.

Je ne pourrai pas sortir en mer sur un chalutier, je ne verrai pas nager une baleine, une baleine tranquille, persuadée qu'elle est exceptionnelle. On me livrera le poisson chez moi, sous son meilleur aspect, découpé et prêt à l'emploi. Des conserves, toujours des conserves.

Je presse la commande de mon fauteuil électrique et je m'approche de la table. Je prends entre mes dents la paille en plastique et je la plonge dans le verre. Des conserves ? Bon, allons-y pour les conserves. Lentement je bois du vin rouge, soleil en conserve de la lointaine Argentine. Avec le bouton de la télécommande, j'allume le poste. Je coupe le son. Sur une des chaînes il y a la retransmission en direct d'une fête avec des jeunes. Les petites silhouettes sur l'écran respirent le bonheur, elles chantent et dansent.

La caméra montre un gros plan. Ce gars tout tatoué, une boucle à l'oreille, essaie lui aussi, j'en suis sûr, de fuir son "jamais" personnel. Mais je ne me sens pas mieux pour autant.

FRÉROT

Avec des amis, nous essayions de revenir chez nous. Il n'y avait pas de bus, il faisait affreusement chaud. Inutile d'espérer faire du stop. Trois gars costauds plus un invalide en fauteuil roulant. Qui donc nous prendrait ?

Soudain, un coup de veine. Un bus de l'armée. On n'a pas le choix, il faut essayer d'y monter. Les gars me soulèvent, moi et mon fauteuil, entrent en pourparlers avec le chauffeur. Lui répète quelque chose comme "c'est interdit" et "le règlement".

Du fond du bus, un des militaires se précipite vers le chauffeur en criant : "Un fré-é-é-érot !" Il est complètement ivre et hors de lui. Après une brève altercation, nous voilà en route.

Les jeunes recrues nous font place. Je suis à demi allongé sur un des sièges, c'est très inconfortable, j'ai mal. Le "frérot" s'approche de moi. Il tient à peine sur ses jambes, sa vareuse est déboutonnée. Dessous – un maillot de marin.

— T'as fait l'Afghanistan ?

— Non.

— Peu importe. Avant l'Afghanistan, je ne savais pas ce que c'était, un handicapé. Et puis, mes potes ont commencé à revenir sans bras, sans jambes, aveugles. Beaucoup n'ont pas tenu le coup, ils ont craqué. Et toi, comment ça va ?

— Bah, tout va bien, j'ai une femme, du travail.

— Tiens le coup, hein ? Accroche-toi.

Nous sommes arrivés à la ville. On me sort. Il me crie quelque chose de derrière la vitre.

Je me souviens de toi, frérot.
Je me souviens de tout.
De ton maillot, de tes yeux fous.
Je me souviens de toi, frérot.

Je tiens le coup.

LE BIG MAC

Une star de la télé aux dents blanches me vante d'une voix pressante et précipitée les avantages de la démocratie américaine. Je ne l'écoute pas. Je sais d'avance ce qu'elle va dire. Je suis certain qu'elle a raison. Elle peut être fière de sa patrie. De sa Constitution, de son hymne et de son drapeau. Elle a le *Bill of Rights*, la statue de la Liberté et McDonald's.

Elle me parle avec entrain du système de ces fameux établissements de restauration rapide. Un clown triste me regarde avec un sourire idiot du haut d'une affiche aux couleurs vives. Un sandwich et de l'eau gazeuse, peut-on trouver plus simple ? Une belle Américaine élancée, dans un costume de femme d'affaires, tente en vain de me persuader que ce sandwich que voilà est bien le sandwich par excellence et que cette eau gazeuse-ci est le nec plus ultra des eaux gazeuses. Quelle ineptie ! La qualité de la nourriture n'est pas ce qui m'importe le plus dans la vie.

Je sais que tous les McDo sont conformes aux normes internationales de "l'accès". Je sais que mon fauteuil roulant passera sans problème par toutes les portes. Les employés les plus aimables du monde m'aideront à utiliser les toilettes, me découperont le fameux Big Mac en tout petits morceaux, planteront une paille des plus pratiques dans mon Coca et le porteront jusqu'à ma bouche.

C'est tout. C'est suffisant. C'est plus que suffisant. Un trop beau cadeau pour un paralysé. Un sandwich et de l'eau gazeuse. Du pain et de l'eau. Le minimum garanti. Comme est garanti à chaque citoyen le droit d'avoir sa place au soleil.

C'est ça, la démocratie.

I GO

L'anglais. Langue de communication entre les nations, langue des affaires.

Presque tout peut être traduit en russe. De la poésie de Shakespeare aux instructions pour se servir d'un réfrigérateur. Presque tout. Presque.

Un fauteuil pour handicapé. Un fauteuil pour handicapé américain. J'ai dans la main la commande. La machine docile transporte mon corps immobilisé dans la rue d'une petite ville américaine.

Je traverse au feu rouge. Rien d'étonnant à cela, c'est la première fois de ma vie que je traverse une rue. Le fauteuil n'obéit pas encore très bien aux commandes de ma main paralysée.

Les voitures attendent.

D'une voiture de la dernière file à gauche s'extirpe le conducteur tout jovial qui me fait de grands signes de la main et me lance des paroles d'encouragement.

Un policier s'approche. A mon air affolé, il devine pourquoi j'ai enfreint les règles.

— Tout va bien ?

— Oui.

— Vous avez eu tout à fait raison de vous décider à faire un tour. Bonne chance !

Une femme en fauteuil roulant me dépasse à toute allure. Elle a dans la bouche le tuyau de son respirateur. Le dossier de son fauteuil est à l'horizontale, de telle sorte qu'elle regarde la route dans un miroir fixé au fauteuil. Sur un côté de son engin (écrit en grandes lettres aux couleurs écarlates) : "J'aime la vie."

Un petit restaurant chinois. Les portes sont étroites, il y a quatre petites tables.

Un serveur se précipite à ma rencontre en courant.

— Je suis désolé. Très désolé. Nous vous présentons les excuses de la direction. Malheureusement votre fauteuil n'arrivera pas à passer. Si cela ne vous dérange pas, vous pouvez entrer dans la salle attenante. Vous n'y perdrez rien, je vous assure, c'est le même menu, la même décoration, le même chef. Nous avons un certificat, vous pouvez en prendre connaissance. Pas la moindre discrimination.

Je suis gêné, je tente de le tranquilliser, je l'assure que cela ne me dérangera pas le moins du monde d'aller dans la salle d'à côté. Il m'accompagne jusqu'à l'entrée dans l'autre salle.

Celle-ci est un petit peu plus grande que l'autre. Le serveur me guide jusqu'à une petite table libre, écarte les chaises devant moi.

Certains clients retirent leurs pieds du passage, d'autres ne prêtent aucune attention à mon fauteuil. Quand les roues du fauteuil passent sur le pied de quelqu'un, la personne pousse un petit cri. C'est que le fauteuil pèse son poids. Nous échangeons des excuses.

Le serveur me regarde, intrigué.

— Pourquoi vous excusez-vous constamment ? Vous avez exactement le même droit qu'eux de manger dans ce restaurant.

Une jeune fille américaine en fauteuil de handicapé me montre avec fierté un minibus avec un élévateur mobile et m'explique que toutes les entreprises de taxis d'Amérique possèdent de semblables véhicules.

— Mais est-ce qu'on n'aurait pas pu adapter pour les handicapés les voitures de tourisme habituelles, ça aurait été moins cher ?

La jeune fille me regarde, déconcertée et gênée.

— Mais voyons, dans une voiture normale on ne pourrait transporter qu'une seule personne en fauteuil roulant ! Et que faire alors si, tout à coup, il s'agit d'un gars avec sa copine ? Il faudrait quoi à ton avis, qu'ils circulent dans deux voitures séparées ?

Presque tout peut être traduit en russe. De la poésie de Shakespeare aux instructions pour se servir d'un réfrigérateur. Presque tout. Presque.

Je pourrais parler longtemps de l'Amérique. Je pourrais parler sans fin des fauteuils roulants, des ascenseurs "parlants", des routes toutes lisses, des rampes d'accès, des minibus avec élévateur. Des programmeurs aveugles, des scientifiques paralysés. Du jour où j'ai pleuré quand on m'a dit que je devais retourner en Russie et qu'il allait falloir laisser le fauteuil roulant.

Quant au sentiment que j'ai éprouvé lorsque j'ai fait démarrer pour la première fois cette merveille de la technologie américaine, rien ne peut mieux le traduire que cette courte phrase qui, à elle seule, veut tout dire : *"I go."* Or, en russe, cette phrase est intraduisible.

LA PATRIE

Katia et moi entrons faire nos courses dans une petite épicerie. Katia va jusqu'au fond du magasin, je reste près de la porte. Tous les traveller's chèques sont au nom de Katia parce que j'ai des problèmes pour signer. Je tiens avec peine le stylo et ma signature de toute façon n'inspirerait pas trop confiance. Katia choisit les produits, s'approche du vendeur pour payer. Le vieil Arabe se tient derrière le comptoir. Il veut expliquer quelque chose à Katia, fait des gestes désespérés. Katia ne parle pas anglais, il faut que j'intervienne.

Je presse la commande du fauteuil, je roule jusqu'au comptoir. Katia s'écarte.

— De quoi s'agit-il ?

— Je ne peux pas accepter votre chèque. Je ne prends pas de chèques d'un montant supérieur à dix dollars et vous, vous m'en présentez un de cinquante.

Je suis en Amérique. Cela fait déjà deux semaines que je suis en Amérique. Je reste calme. Je presse une nouvelle fois la commande de mon fauteuil et le dossier se redresse presque à la verticale. Je m'avance jusque contre le comptoir.

— Très bien. Vous voulez dire que le chèque est faux. Regardez-moi. Vous me supposez capable de falsifier un chèque ? Ai-je l'air d'un artiste ? D'un malfaiteur ? Regardez mon fauteuil. Vous savez combien coûte un tel fauteuil ? Hier, j'ai fait mes courses chez vous, avant-hier aussi, je les fais aujourd'hui et j'espère pouvoir les faire demain. Nous sommes en Amérique. Vous vendez, j'achète, vous avez le choix. Si le chèque est bon, vous me vendez la marchandise. S'il est faux et que je l'ai contrefait, appelez la police.

Il me regarde avec respect. Une telle approche l'arrange visiblement.

— Bon. J'accepte votre chèque. Tu es palestinien ?

— Non, espagnol.

— Tu viens d'Espagne ?

— De Russie.

— Tu rentres quand ?

— Dans trois jours.

— Tu dois avoir le mal du pays, tu as hâte de te retrouver chez toi.

— Non, pas du tout.

— Pourquoi ?

— Ce n'est pas une vie, chez moi. Il n'y a pas de fauteuils comme ici, pas de trottoirs, pas d'épiceries comme la vôtre. Je n'ai pas du tout envie de rentrer. Si je pouvais, je resterais ici pour toujours.

Il hoche la tête avec un air de reproche et me regarde avec condescendance et un peu de tristesse.

— Mon petit gars, tu es pire qu'un gosse. Qu'est-ce que tu comprends à la vie ? La vie est impossible ici. Les gens sont comme des bêtes sauvages. Ils sont prêts à s'entre-tuer pour un dollar. Je travaille quatorze heures par jour, je mets de l'argent de côté. Je vais économiser encore un peu et je rentrerai au pays, en Palestine. Pourtant, on tue les gens, là-bas. Chez vous, on ne tue personne, n'est-ce pas ?

— Non.

Nous payons, nous nous disons au revoir et nous en allons. Je roule hors du magasin. Je fais pivoter mon fauteuil et je regarde à travers la vitre le vieux Palestinien. L'heureux homme ! Il a une patrie !

LA LIBERTÉ

San Francisco. Ville de mes rêves, centre urbain de l'enfer capitaliste. Ville des réprouvés et des excentriques.

Je suis au bord du trottoir. C'est aujourd'hui mon dernier jour en Amérique. Demain on va me conduire à l'aéroport et me mettre dans un avion. L'avion me ramènera en Russie à l'heure dite. Là-bas, dans cette Russie encore lointaine, on m'installera soigneusement sur un divan et je serai condamné à rester enfermé entre quatre murs jusqu'à la fin de ma vie. Des Russes au cœur généreux me donneront à manger et boiront de la vodka avec moi. Je n'aurai pas faim et, si j'ai de la chance, je n'aurai pas froid non plus. J'aurai tout sauf la liberté. On m'interdira de voir le soleil, de me promener en ville, d'être assis au café. On m'expliquera avec condescendance que toutes ces choses superflues sont réservées aux gens normaux jouissant de toutes leurs facultés. On me donnera un peu plus de nourriture et de vodka et on me rappellera une fois de plus ma noire ingratitude. On me dira que je demande trop, que je dois être patient, que je dois attendre encore un peu, un tout petit peu – une cinquantaine d'années. Je serai d'accord avec tout ce qu'on me dira et hocherai la tête avec résignation. Je ferai docilement ce qu'on me dira de faire, ce qu'on me commandera de faire et je supporterai en silence la honte et les humiliations. J'accepterai mes tares comme un mal nécessaire et je crèverai à petit feu. Lorsque j'en aurai assez de cette saloperie de vie et que je demanderai un peu de poison, on me le refusera, bien entendu. Une mort rapide est interdite dans ce pays lointain et humaniste. Tout ce qu'on me permettra sera de m'empoisonner lentement à la vodka et de fonder tous mes espoirs sur un ulcère de l'estomac ou un infarctus.

Je suis au bord du trottoir. Si je repousse à fond le levier de commande du fauteuil électrique en l'écartant de moi, son puissant moteur m'emportera vers l'inconnu. L'avion partira sans moi. Dans quelques jours les batteries de mon fauteuil seront vides. Sans argent et sans papiers, je ne survivrai pas dans ce pays magnifique et cruel. Le maximum que je puisse escompter, c'est encore un jour de liberté et puis la mort.

•

C'est cela l'Amérique. Ici tout se vend et tout s'achète. Un pays horrible et cruel. Ce n'est pas la peine de compter sur la pitié. Ceci dit, j'en ai assez bouffé en Russie de la pitié, jusqu'à n'en plus pouvoir. Je préfère une banale transaction commerciale.

C'est cela, l'Amérique.

— Qu'y a-t-il à vendre ?

— Un jour de liberté. De vraie liberté. Du soleil et de l'air pur. Quelques couples qui s'embrassent sur les bancs. Un hippie qui joue de la guitare. Le droit de voir encore une fois la petite fille donner à manger dans le creux de sa main à un écureuil. Le droit de voir pour la première et unique fois dans ma vie une ville de nuit, les lumières de milliers de phares. Une dernière fois admirer les enseignes au néon et rêver du bonheur impossible de naître dans ce fabuleux pays. Un produit authentique, le bonheur, de première qualité, *made in USA*.

— Combien ça coûte ?

— A peine moins qu'une vie.

— J'achète. Vous pouvez garder la monnaie.

Et puis une fois en Russie, pendant un mois entier je me suis enfilé de la vodka du matin au soir, je pleurais la nuit et essayais tout le temps dans mon délire éthylique d'appuyer sur la commande d'un fauteuil mythique inexistant. Et chaque jour, je regrettai d'avoir fait le mauvais choix.

NOVOTCHERKASSK

Je suis né à Moscou. Moscou est la capitale de la Russie. A l'école nous savions tout sur Moscou. Nous chantions des chansons sur Moscou, nous apprenions des poésies sur Moscou. On nous disait que Moscou était la ville par excellence, la plus belle du monde. Je ne sais pas, je n'ai été à Moscou que de passage, comme à Saint-Pétersbourg d'ailleurs. Je ne veux pas discuter, tout ce que l'on nous disait est peut-être vrai. Peut-être. Beaucoup en sont persuadés, les Moscovites en tout cas.

Dans le monde, de mes propres yeux, je n'ai vu que trois villes : Novotcherkassk, Berkeley et Madrid. Et Novotcherkassk fut la première.

J'avais entendu parler de Novotcherkassk depuis longtemps. Les gens racontaient des légendes sur Novotcherkassk. On disait qu'au foyer à Novotcherkassk, on mangeait des pommes de terre tous les jours, en hiver comme en été. On disait qu'à Novotcherkassk poussaient des tomates. Pas seulement des tomates. Les abricots, les pastèques et les melons poussent dans cette ville de rêve, sans oublier les noix, le maïs, les poivrons doux et les aubergines. Toutes choses qu'il m'est arrivé de goûter deux ou trois fois dans ma vie. J'avais lu que ces fruits et ces légumes poussaient dans le Sud. J'avais cherché Novotcherkassk sur une carte et je savais qu'elle se trouvait dans le sud de la Russie. On racontait aussi que ceux qui ne pouvaient pas du tout marcher étaient conduits à Novotcherkassk dans une maison pour les vieux et les invalides. Une maison à deux étages, en briques. On s'y déplaçait en fauteuil roulant, on y avait des *niania* et des médecins, les gens y vivaient longtemps et personne n'y mourait aussitôt. Tout cela bien sûr me semblait pure invention, un conte, un rêve irréel. Et alors ? Je croyais à Novotcherkassk. J'avais un immense besoin de croire à quelque chose.

Parfois les rêves se réalisent, un simple bout de papier, un billet de loterie se transforme en un gros tas d'argent, la fougère fleurit et la fée arrive en volant chez l'orphelin. Un beau jour, invraisemblable, impossible, un monsieur de Moscou tout ce qu'il y a de sérieux signa un papier tout ce qu'il y a de sérieux et on me transféra à Novotcherkassk. Tout ce à quoi je croyais si naïvement se trouva être vrai, même les pommes de terre et les abricots.

Je suis jeune et je jouis d'une assez bonne santé. J'espère voir encore beaucoup de villes de par le monde. Je verrai Paris et Tokyo, Rome et Sydney, Buenos Aires et Berkeley. Je verrai Berkeley une fois encore, c'est sûr. Je crois que toutes ces villes existent vraiment en ce monde. J'y crois maintenant comme j'ai cru un jour à Novotcherkassk.

Je suis né à Moscou. Je n'ai vraiment pas eu de chance d'être né dans cette ville terrible et insensée. J'ai eu de la chance juste à Novotcherkassk. Novotcherkassk est une bonne ville. Je serais mort si Novotcherkassk n'avait pas existé en Russie.

NOIR

Comme toujours dans la vie, une période noire succède à une blanche, les déceptions viennent remplacer le succès. Tout change, tout doit changer. Il doit en être ainsi, c'est la règle. Je le sais, je n'ai rien contre, il ne me reste qu'à espérer. Espérer un miracle. Je désire sincèrement, je veux passionnément que ma période noire dure le plus longtemps possible et ne soit pas remplacée par une blanche.

Je n'aime pas le blanc. Le blanc est la couleur de l'impuissance et du désespoir, du plafond de l'hôpital et des draps. Les soins garantis et une vie sous tutelle, le silence, le calme, le vide. Le vide éternel de la vie d'hôpital.

Le noir est la couleur de la lutte et de l'espoir. C'est la couleur du ciel nocturne, le fond précis de mes rêves confiants, des pauses provisoires, entre les longs intervalles blancs de mes misères corporelles. Le noir est la couleur du rêve et du conte de fées, la couleur du monde intérieur derrière mes paupières closes. La couleur de la liberté, celle que j'ai choisie pour mon fauteuil électrique.

Et lorsque ce sera mon tour de passer entre les rangs de mannequins en blouse blanche, bienveillants et sans visage, et que pour finir j'arriverai à ma fin, à ma propre nuit éternelle, il ne restera après moi que des lettres. Ce seront les miennes, noires sur fond blanc. C'est ce que j'espère.

POSTFACE

Ruben est né à Moscou, le 20 septembre 1968, dans la clinique du Kremlin, pendant les événements du printemps de Prague. On m'y avait conduite d'urgence, alors qu'enceinte de huit mois j'attendais des jumeaux. C'était grâce à la visite concomitante de mon père, dirigeant du Parti communiste espagnol clandestin, dans le pays des Soviets que j'avais pu avoir accès à la médecine soviétique.

En France, j'avais été une "sans-papiers". A Moscou, j'étais une étrangère sans ambassade. Je n'avais pas de droits. Pas le droit de me déplacer librement, pas de droit de vote et, par-dessus le marché, j'avais commis le crime d'avoir donné naissance à des enfants "non conformes".

Le premier bébé mourut quelques jours plus tard. Le second, prénommé Ruben, naquit après un accouchement difficile, atteint de paralysie cérébrale. Nous fûmes transportés dans une clinique des environs de Moscou où nous vécûmes cloîtrés pendant un an et demi. Une façon d'évacuer le problème.

A l'issue d'une nouvelle visite de ma famille à Moscou, un an et demi plus tard, Ruben me fut enlevé. En 1973, après un séjour dans un orphelinat spécial et secret, réservé à l'élite communiste, il fut transféré dans une institution pour enfants handicapés de Kartachovo, dans la région de Léningrad.

Il fut ensuite ballotté d'institution en institution pour enfants handicapés, centres fermés, centres secrets, situés sur tout le territoire de l'Union soviétique : Troubtchevsk, Nijni Lomov… Novotcherkassk dans la région de Rostov-sur-le-Don, dans le sud de la Russie. De 1986 à 1990, il vécut dans un asile de vieux où étaient placés d'office les handicapés incapables d'exercer un métier utile.

Profitant du désordre général provoqué par la perestroïka, Ruben réussit à s'échapper. Fit des recherches sur ses origines. Me retrouva à Prague après un périple rocambolesque en camion à travers toute l'Europe. Se mit à écrire. Un métier inutile qu'on lui avait pourtant déconseillé en Russie. Son nouvel entourage, mon entourage d'écrivains et de journalistes, jugea son écriture passionnante. A vous couper le souffle.

De l'histoire de celui qu'on a surnommé "Le masque de fer du communisme" est né ce récit publié en Russie, en décembre 2002, dont le succès a donné lieu à un débat sur l'enfance, le système socialiste, l'évacuation de tout ce qui gênait le mythe de l'homme nouveau dans un pays où tout le monde devait être heureux.

Depuis un an Ruben vit en Espagne. Je suis avec lui. J'ai longtemps attendu que me soit reconnu le droit d'être mère et celui de travailler comme traductrice et journaliste. J'ai un passeport et le droit de vivre dans un pays officiellement le mien. J'ai même le droit de vote.

Le bonheur quoi !

AURORA GALLEGO

TABLE

BABEL

Extrait du catalogue

565. WILHELM HAUFF
Contes

566. SELMA LAGERLÖF
Le Cocher

567. ALICE FERNEY
La Conversation amoureuse

568. DENIS LACHAUD
La Forme profonde

569. PHILIPPE DE LA GENARDIÈRE
Morbidezza

570. WILLIAM SHAKESPEARE
Comme il vous plaira

571. DAVITT MORONEY
Bach, une vie

572. MICHAËL VESCOLI
Le Signe de l'arbre

573. VASSILI AXIONOV
Les Oranges du Maroc

574. DAVID HOMEL
Un singe à Moscou

575. RAYMOND JEAN
La Lectrice

576. ISABELLE EBERHARDT
Lettres et journaliers

577. VÉRONIQUE OLMI
Bord de mer

578. ANNA ENQUIST
Le Secret

579. KEN SARO-WIWA
Sozaboy

580. DON DELILLO
Outremonde

581. MARTHA GRAHAM
Mémoire de la danse

582. JEAN PÉLÉGRI
Ma mère, l'Algérie

583. PIERRETTE FLEUTIAUX
Des phrases courtes, ma chérie

584. ASSIA DJEBAR
Les Nuits de Strasbourg

585. HUBERT NYSSEN
Le Bonheur de l'imposture

586. ELIAS KHOURY
La Porte du soleil

587. ARTHUR MILLER
Mort d'un commis voyageur

588. HENRY BAUCHAU
Jour après jour. Journal (1983-1989)

589. WILLIAM SHAKESPEARE
Beaucoup de bruit pour rien

590. JEAN-PAUL GOUX
Mémoires de l'Enclave

591. PAUL AUSTER
Le Livre des illusions

592. REZVANI
L'Enigme

593. BARBARA GOWDY
Anges déchus

594. ZOÉ VALDÉS
Trafiquants de beauté

595. CATHERINE DE SAINT PHALLE
Après la nuit

596. JOSIANE BALASKO
Nuit d'ivresse / L'Ex-Femme de ma vie / Un grand cri d'amour

597. PIERRETTE FLEUTIAUX
Histoire du gouffre et de la lunette

598. ANNE BRAGANCE
Casus belli

599. ARNO BERTINA
Le Dehors ou la Migration des truites

600. CLAUDE PUJADE-RENAUD
Au lecteur précoce

601. LAURENT SAGALOVITSCH
La Canne de Virginia

602. JULIEN BURGONDE
Icare et la flûte enchantée

603. DON DELILLO
Body Art

604. JOSÉ CARLOS SOMOZA
La Caverne des idées

605. HELLA S. HAASSE
Locataires et sous-locataires

606. HODA BARAKAT
Le Laboureur des eaux

607. INTERNATIONALE DE L'IMAGINAIRE N° 16
Politique culturelle internationale

608. TORGNY LINDGREN
Paula ou l'Eloge de la vérité

609. IMRE KERTÉSZ
Kaddish pour l'enfant qui ne naîtra pas

610. ALBERTO MANGUEL
Dans la forêt du miroir

611. NAGUIB MAHFOUZ
Les Fils de la médina

612. SALVAT ETCHART
Le monde tel qu'il est

613. LAURENT GAUDÉ
Cris

614. FLORA TRISTAN
Pérégrinations d'une paria

615. ANTON TCHEKHOV
Platonov

616. MADISON SMARTT BELL
Le Soulèvement des âmes

617. GUILLERMO ROSALES
Mon ange

618. VÉRONIQUE OLMI
Privée

619. CÉDRIC PRÉVOST
Sain et sauf

620. INTERNATIONALE DE L'IMAGINAIRE N° 17
Le Patrimoine culturel immatériel

621. JAVIER CERCAS
Les Soldats de Salamine

622. JAMAL MAHJOUB
Le Train des sables

623. AKIRA YOSHIMURA
Naufrages

624. DALTON TRUMBO
Johnny s'en va-t-en guerre

625. COLLECTIF
Israël autrement

626. CHI LI
Trouée dans les nuages

627. ZHANG XINXIN
Une folie d'orchidées

628. JEAN-MICHEL RIBES
Théâtre sans animaux
suivi de Sans m'en apercevoir

629. REBECCA SOLNIT
L'Art de marcher

630. PAUL AUSTER
Constat d'accident

631. ILAN DURAN COHEN
Mon cas personnel

632. THÉODORE MONOD
L'Hippopotame et le Philosophe

633. KHAYYÂM ET HÂFEZ
Quatrains / Ballades

634. RAINER MARIA RILKE
Elégies de Duino

635. FRIEDRICH HÖLDERLIN
La Mort d'Empédocle

636. V. KHOURY-GHATA
Le Moine, l'Ottoman
et la Femme du grand argentier

637. NANCY HUSTON
Nord perdu *suivi de* Douze France

638. MAJA LUNDGREN
Pompéi

639. ELIAS KHOURY
Le Petit Homme et la Guerre

640. COLLECTIF
Jérusalem

641. DENIS LACHAUD
Comme personne

642. JEAN CAVÉ
Une femme d'esprit

643. YOKO OGAWA
Parfum de glace

644. SONALLAH IBRAHIM
Charaf ou l'Honneur

645. TIM PARKS
Comment peut-on aimer Roger !

646. CLAUDE PUJADE-RENAUD
Le Jardin forteresse

647. HENRY BAUCHAU
Le Régiment noir

648. VÉRONIQUE OLMI
Numéro six

649. ANNE BRAGANCE
Les Soleils rajeunis
(à paraître)

650. NANCY HUSTON
Une adoration

651. HELLA S. HAASSE
Des nouvelles de la maison bleue

652. STIG DAGERMAN
Automne allemand

653. SEBASTIAN HAFFNER
Histoire d'un Allemand

654. MILJENKO JERGOVIĆ
Le Jardinier de Sarajevo

655. INTERNATIONALE DE L'IMAGINAIRE N° 18
Islande de glace et de feu

656. RUSSELL BANKS
Survivants

657. PATRÍCIA MELO
Enfer

658. LIEVE JORIS
Danse du léopard

659. BALTASAR PORCEL
Méditerranée

660. MAJID RAHNEMA
Quand la misère chasse la pauvreté

661. KHALIL GIBRAN
Le Prophète

662. PAUL AUSTER et GÉRARD DE CORTANZE
La Solitude du labyrinthe

663. YOURI RYTKHÈOU
Unna

664. HUBERT NYSSEN
La Leçon d'apiculture

COÉDITION ACTES SUD – LEMÉAC

Ouvrage réalisé
par l'Atelier graphique Actes Sud.
Achevé d'imprimer
en octobre 2004
par l'imprimerie Liberdúplex
à Barcelone
pour le compte des éditions
ACTES SUD
Le Méjan
Place Nina-Berberova
13200 Arles

N° d'éditeur : 5615
Dépôt légal
1re édition : novembre 2004